중국의 동북공정을 반박하며,
잊혀진 한민족 상고사를 되찾아보는, 역사소설

투탕카멘의 녹슨 단검
(a rusty dagger of Pharaoh Tutankhamun)

고 조 선

효 하

황하 . 메소포타미아 . 이집트

인도   유대   그리스 . 로마 .

몽

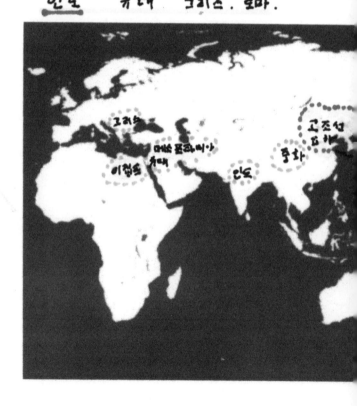

여 . 고구려 . 한국

마야 . 잉카 .

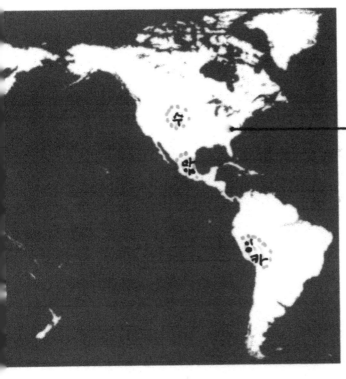

→ 하바드 대학
↓
DANiEL LEE

투탕카멘의 녹슨 단검

(a rusty dagger of Pharaoh Tutankhamun)

연규호 역사장편소설

사단법인 한국소설가협회

우리 역사의 뿌리 요하 문화의 실체를 찾다

김호운(소설가·한국소설가협회 이사장)

　　연규호 소설가는 미국 LA에 거주하면서 창작활동을 하는 한편, 미주 지역 소설가들의 문학단체 미주한국소설가협회 회장을 역임하면서 해외에서 우리 글로 문학을 하는 교포 문단을 이끌어왔다. 특히 직업이 뇌의학 전문 의사로 뇌의학을 문학으로 접목하여 이 분야에서는 거의 독보적이다. 이러한 우리 문학 발전과 깊은 창작활동의 공로로 사단법인 한국소설가협회가 제정 시행하는 2020년 제6회 해외한국소설문학상(수상작품「해부학실습실의 촛불 데모」)를 수상하기도 했다.

　　이번에 연규호 소설가가 심혈을 기울인 장편역사소설『투탕카멘의 녹슨 단검』을 펴낸다. 이 작품은 중국의 동북공정에 대한 부당성과 우리가 잊고 있던 한민족의 상고사를 되짚어보는 이야기로 허구와 사실 역사를 넘나드는 새로운 구성으로 선보인다. 구성에서 이미 작품의 깊이와 흥미가 상상된다. 더구나 이집트 역사 속 인물 투탕카멘의 이야기를 우리의 상고사를 추적하는 나침

반으로 삼고 있어서 이야기에 재미를 더하고 있다.

역사소설을 쓰는 일은 생각보다 간단치가 않다. 우선 많은 자료를 살피고 공부하는 일에 시간과 노력을 쏟아부어야 한다. 어떤 분들은 역사 사실을 이야기로 재구성한 게 역사소설이라고 말하기도 한다. 이는 크게 잘못된 접근이다. 역사소설은 역사적 사실을 배경으로 하지만, 그 배경 속에 감추어지거나 잊힌 사실들을 논리적 상상력으로 재구성한 허구의 이야기여야 한다. 역사를 왜곡하는 일과는 다르다. 역사 사실은 그대로 살리되 그 역사의 행간에서 나타내지 못했던 이야기들을 작가가 상상력으로 끄집어내어 재구성하는 게 역사소설이다. 없는 이야기를 허구로 구성하기에 당시 역사 속에서 일어났을 법한 개연성을 인과관계로 연결하는 치밀한 작업이 필요하다. 이는 작가가 그 역사 속으로 들어가지 않고는 불가능하다. 작가는 이 작업을 하기 위해 수많은 역사 자료를 찾아 살피고 현장을 여행하면서 그 역사 속으로 들어간다. 치열한 작가 정신으로 이 만만치 않은 작업을 이루어낸 연규호 소설가에게 박수를 보낸다.

장편소설 『투탕카멘의 녹슨 단검』에서 우리는 연규호 소설가의 탐구 노력의 공력을 곳곳에서 보게 될 것이다. 우리 상고사를 복원하려는 이 노력을 이집트 신왕국 제18왕조 13대 파라오였던 투탕카멘을 텍스트로 인용하면서 허구의 이야기에 사실성을 강조하는 한편 서사의 흥미를 더 깊게 하고 있다. 투탕카멘은 우리에게 신비의 왕으로 잘 알려져 있으며 영화로 소설로도 많이 인용된 이집트 역사 인물이다. 그의 이름 '투탕카멘'에는 감추어진 우리 상고사처럼 많은 이야기가 숨겨져 있다. 본래 이름은 투트 앙크 아멘(twt-anx-imn)인데 연음으로 '투탕카멘'으로 불린다. 이 이름을 이집트어로 풀이하면 '살아있는 아멘의 형상'이다. 마치 살아 있는 인간처럼 황금마스크 속에서 무수한 이야기를 쏟아내고 있다.

연규호 작가는 『투탕카멘의 녹슨 단검』을 이집트에서 투탕카멘의 유적을 살피는 것으로 시작한다. 유물 가운데 녹슨 단검 하나를 발견하고 이 단검을 우리 유물 비파형(琵琶型 Korean mandolin) 청동 검과 연결하면서 우리 상고사 홍산문화로 이끌고 간다. 투탕카멘의 황금마스크 속에서 큰 고함이 들리는 듯한 환청을 듣고 소설 속 주인공 '나'는 중국 선양박물관에서 본 단검과 거마(車馬)를 떠 올린다.

홍산문화(紅山文化)는 B.C.4000~B.C.3000년경, 지금으로부터 약 6천 5백 년 전 지금의 랴오닝 성 서부에 있던 신석기시대의 고고 문화를 가리키는 말이다. 이곳은 중국 만리장성 밖 요하(遼河) 유역에 있으며, 1980년대부터 홍산문화의 유물이 발굴되면서 중국에서 먼저 당황하기 시작했다. 중국사에서 구석기 반파문화와 신석기 하가점문화로 이어지는 구석기 신석기 문화 정리가 곤란해진 것이다. 중국에서는 홍산문화를 기존에 정리했던 신석기 문화 이전 신석기 문화의 한 갈래로 보려고 했으나 발굴한 유물들이 이보다 훨씬 앞선 역사이면서, 발굴한 유물의 문명은 더 발달한 것으로 현재까지 확인된 중국의 구석기 신석기와 다른 문화권임이 확인되어 당황한 것이다. 어쩌면 이 홍산문화가 중국 신석기 문화를 이끈 한 줄기가 될 수도 있다고 본 것이다. 이건 매우 중요하다. 중국 조상인 신화시대의 황제(黃帝)가 자칫 홍산문화에서 실존한 인물이 될 수도 있기 때문이다. 우리나라에서는 아직 홍산문화의 본격 연구 결과가 나오지 않고 있다. 현장이 중국 영토라 우리 학자들이 현장 조사하면서 연구하기에는 많은 제약이 있는 건 분명하지만 그렇다고 우리 고대사를 방치하거나 외면해서는 안 된다. 중국에서는 이를 감추고, 동북공정으로 이 역사를 중국사에 편입하기 위해 만리장성을 발해만까지 연장했다. 필자는 중국언어문화사를 공부하면서 이 홍산문화에 많은 관심을 두고 있었는데 언젠가 연규호 소설가를 만났을 때 이 이야기를 서로 나눈 적 있다. 연규호 소설가께서도 이 홍산문화에 깊은 관심을 가지고 자료를 찾고 있었다. 이 관심이 『투탕카멘의 녹슨 단검』을 탄생시켰다.

플라톤이 찾으려 했던 아틀란티스처럼, 연규호 소설가는 우리 역사에서 감추어져 있던 홍산문화의 줄기를 찾아 나섰고, 드디어 요하에 있던 고조선 제후국 홍산의 역사 속으로 들어가 무단기 황제를 만난다. 연규호 소설가의 탐구는 여기에서 끝나지 않는다. 바이칼과 몽골에서 시작한 우리 조상이 베링해를 넘어 북미대륙 록키산맥을 지나 와이오밍과 다코타의 대평원에서 버팔로와 함께 살게 된 민족, '수(Souix-徐) 인디언'과 연결했다. 진시황이 불로초를 구하기 위해 파견한 서복 장군이 한반도를 거쳐 태평양을 건너 미국에 왔다는 일부 학설을 뒤집으며 서복 장군이 일본 규슈 후쿠오카에서 죽었다는 걸 밝힌다. 북미주에 정착한 인디언과 서복을 연결하는 선을 끊고, 이미 요하 민족이 베링해의 빙하를 넘어 아메리카 대륙에 와 있었다는 역사 사실을 강조한 것이다. 학설(學說)을 바탕으로 한 이런 내용을 허구의 이야기로 풀어냈다. 이들 수 인디언은 '남아메리카로 이동하여 유카탄, 치아파스, 과테말라, 벨리즈 혼두라스에서 마야 문명을 이루었다. 그러기에 이들은 시계, 피라미드, 청동기, 철기, 활을 사용하며 태양신을 섬겼다. 심지어 산 사람을 영광스럽게 바치는 제사까지도 서슴지 않았다.'(본문 중에서 인용) 이곳에도 이집트에서 본 피라미드가 있다. 연규호 소설가는 이곳의 타칼 신전과 이집트 피라미드를 연결한다. 이집트에서 투탕카멘과 홍산문화를 연결한 연규호 소설가의 상상력이 결정을 맺는 순간이다. 작가는 이 수수께끼를 풀고자 했다.

'티칼의 피라미드, 365 계단으로 올라간다. 그리고 그 위에서 마야의 사제가 건장한 청년을 제단에 누여 놓고 예리한 단검, 그렇다. 바로 그 단검, "투탕카멘이 지녔던 그 단검"으로 심장을 찌른다. 붉은 피가 솟는다. 마야의 태양신은 그 붉은 피를 흡족히 마신다고 한다. 그러고 나면 태양신의 갈증이 사라진다고 한다.'(본문 중에서 인용)

이처럼 연규호 소설가는 장편소설『투탕카멘의 녹슨 단검』에서 우리 고대사의 발단과 전개 과정을 역사 사실의 바탕으로 재현하려고 아시아, 아메리카, 아프리카를 연결하는 역사 로드를 만들려고 노력했다. 홍산문화가 더 깊이 연구되어 우리 고대사로 자리매김하는 날을 기대하면서 이 소설에 큰 박수를 보낸다.

플라톤이 찾았던 잊혀진 문명, 아틀란티스(Atlantis)는 어디에 있는가?

중국의 황하문명보다 500~1000년이 앞선 요하문명, 홍산문화를 연구해 보면 자연스레 단군조선과 우리 한민족의 뿌리에서 찾게 된다.

중국은 동북공정을 통해 우리 한민족을 그들의 역사 속에 편입시키려고 하나, 잊혀졌던 요하문명을 재조명함으로 그들의 논리가 엉터리임을 반박 할 수 있으며, 플라톤이 그토록 찾았던 잊혀진 "아틀란티스-Atlantis"도 찾아 낼 수 있다고 필자는 생각해 보았다. 환단고기, 동아시아연구회, 건축가, 시인 최용완 님의 논문을 통해 알게 된 정보와, 문단의 스승이 되시는 홍승주 원로 소설가님의 격려에 힘입어 역사 소설로 창작했음을 밝혀둔다.

아울러 지난 수년, 동북공정을 반박해 온 한국소설가협회 김호운 이사장님이 흔쾌히 발문을 써 주셔서 감사드린다.

소설가 연규호

고대 문명사의 탐구

— 연규호의 장편소설 『투탕카멘의 녹슨 단검』에 제하여

홍승주(문예비평가)

월탄 박종화 선생은 주변 사람에게 늘 이렇게 말씀하셨다.

"내 키 높이 만큼 소설을 쓰고 싶다."

여기 미주의 소설가 연규호의 작품 경륜, 또한 그러하다.

서정적, 정서적, 사실적, 역사적, 휴머니티한 수십 권의 다양한 장, 중, 단편집 등이 능히 그의 신장 높이에 버금하리라.

역사를 망각하는 민족은 쇠하고 역사를 기억하고 영존하는 민족은 흥한다고 갈파한 연규호는 마침내 중국의 무모한 동북공정을 반박하며 잊어진 한민족 상고사를 찾아보는 이례적인 경이의 역사소설을 쓴 최초의 기수가 된다.

이는 연규호 작가의 민족적 의분이요 강렬한 항거의 소명이요 절규이다.

대저 한국에 상고사를 전공한 사학자나 고대 문명을 천렵한 고

고학자는 드물다.

기껏 '고인돌'의 유적 답사나 논문에 그친다.

그러므로 민족사의 요원한 기원이나 뿌리 캐기, 선사의 문헌이 항상 미개척 미지수로 무관심, 등한시되었다.

단군 조선이 중화 문명보다 앞서는 고대 문명의 근원지라는 동북아 연구의 선각자, 시인이며 수필가인 최용완 선생의 글에 충격과 자극을 받아 요원한 민족사의 연원을 증언하는 고대사의 전쟁 양상을 적나라한 소재로 생생한 상고사의 전쟁 양식, 무기, 영웅 등을 연규호는 그려냈다.

고래로 전쟁소설은 많지만 연규호의 『투탕카멘의 녹슨 단검』만큼 실감나는 무자비한 고대소설은 드물고 여기, 고대 조선인의 맥박이 약동한다.

살아 움직이는 살극과 인생의 비애, 승부욕의 척도가 인간 본능으로 다가온다.

전쟁은 예나 지금이나 무서운 금기물이다.

작가 연규호는 교회의 장로이며 만병을 치료하는 인술의 의사이며 평화 애호주의자다.

그의 작품은 거의가 사랑에서 시작되어 사랑과 자비로 마친다.

평생 오로지 민족의 고대 문명사를 증언하고 규명하기 위하여 작가적 리얼한 창작, 실존 정신을 발휘하여 무자비한 고대 전쟁사를 그려낸 소설가 연규호의 작가적 양심, 희생타에 만강의 위로와 격찬을 보내며 연규호 작가의 창창한 미래문학을 축원하는 하사에 대한다.

ー2022년 봄, 미주 一寓에서

차례

발문 김호운(소설가·한국소설가협회 이사장)
서론 저자 연규호
하사(賀詞) 홍승주(원로 소설가·스승님)

투탕카멘의 녹슨 단검

(a rusty dagger of Pharaoh Tutankhamun)

제1장

투탕카멘의 황금 흉상 앞에서

"과거는 현재의 어머니, 그리고 미래의 표상(表象.symbol)이다.
잃어버린 문명의 어머니, 아틀란티스(Atlantis)를 찾아서."—
라는 엄청난 테마를 가지고, 나는 하버드대학원, **인류고고학**
졸업 석사 논문을 쓰기 위해 동분서주, 세계적으로 유명한 박물관
들을 여기저기 찾아다니고 있는 중이었다.

마지막으로, 12만점이나 되는 엄청난 유물을 전시하는 카이로
소재 '이집트 중앙 박물관(Grand Egyptian Museum)'을 찾아간
것이 2017년 8월 14일이었다.
찌는 듯한 더위에 땀을 뻘뻘 흘리며 가까스로 찾아가 보니 박
물관 정문 건너편에서 극우 이슬람세력을 규탄하는 데모대에게

투척된 최루탄 가스 냄새 때문에 코가 찐하며 눈알이 쓰렸다.

"제기랄! 여기도 데모로군…"

그래도 박물관을 폐쇄하지 않은 것이 고마웠다. 다소 우중충한 옛 건물로 들어갔다.

'**투탕카멘(King Tut) 특별 전시회**'라는 문구가 눈에 확 띄었다.

'와, 운이 좋았네. 투탕카멘!' 나는 투탕카멘이란 이름만 들어도 반가웠다.

박물관 거의 일층 중앙에 위치한 투탕카멘에 관한 1300여점의 유물들 앞에, 꽤 많은 관광객들이 삥 둘러서서 히잡을 쓴 까무잡잡한 피부 색깔의 이집트 여자 안내인의 장황한 설명을 듣고 있었다.

1922년에 발굴된 투탕카멘의 묘는 비교적 작은 무덤이었기에 다행히 도굴꾼들의 표적에서 벗어났다가 정부관리가 보는 앞에서 고고학자들에 의해 안전하게 발굴되었다. 다른 왕릉들에 비해 놀랍게도 도굴꾼들이 손을 대지 않았기에 안전하게 보관돼 유물들이 쏟아져 나왔다고 한다.

과거에 큰 무덤에서 발굴된 문화재는 가차 없이 영국 박물관으로 보내지던지, 사리사욕에 물든 부자들의 손으로 흘러가고 나면 일반 대중이 직접 감상하기는 힘들었다.

5년 전, 나는 하버드대학 2학년 때 고고학 연구를 하려고 여기를 찾아왔었다. 그때는 성의 없이 그냥 대충 보고 지나갔었다. 그러나 오늘은 유달리 더 자세하게 그리고 흥미롭게 관람했다. 아마도 대학원 논문을 쓰려는 간절한 마음 때문이었는지도 모른다.

안내인의 긴 설명이 끝나자 우르르 무리들은 흩어졌다. 그러나 나는 그 자리에 망부석처럼 꼿꼿이 서서 투탕카멘의 황금마스크의 흉상을 뚫어지게 바라보았다.

비록 황금으로 치장돼 있다고는 하나, 겨우 18살 때 죽은 투탕카멘이 불쌍해 보였다.

'왜? 그렇게 일찍 죽었을까? 암살은 아니었는데… 왜 죽었을까? BC 1371-1352년이라면 와! 3500년 전인데. 찬란한 이집트 18왕조의 12대 파라오(왕), 투탕카멘은 황금 마스크를 쓰고 미이라로 여기에 이렇게 오래 잠들어 있었다니. 그에게도 영혼이 있겠지. 물론이지. 그 자신이 태양신이라고 불렀는데…'

신문 방송, 미디어를 통해 특별전시회를 알리는 홍보가 요란했으나 5년 전보다 더 보강된 유물은 아무것도 없었다.

전에도 보았던 미이라, 황금마스크, 금빛나무조각상, 지칼의 머리를 하고 있는 피규어 두아무두테, 늘 보았던 그 유물들 뿐이라고 생각하니, 갑작스레 흥미가 사라져 돌아가려고 하였다. 그 순간, 문득 지극히 초라한 그러나 비밀이 숨겨진 듯한 유품 하나가 내 눈에 확 들어왔다.

'아니? 저것! **단검** 아냐! 비록 녹슬었지만. 어디서 본 단검인데.'

길이 50센티, 넓이 5센티, 중간부위가 특별히 녹슨 칼, 바로 그

칼이었다. 비파(mandolin)처럼 생겼다. 그리고 그 손잡이에는 무엇인가 조각이 되어 있었다. 거무튀튀하게 녹은 슬었으나 안전한 유리 함 속에 잘 보관된 단검에서 아주 강하게 비쳐 나오는 광채가 있었다.

그 빛은 너무나 강해 나는 똑바로 볼 수가 없었다.

'다른 단검은 녹슬지 않았는데 저 단검은 유달리 녹이 슬었어! 어디서 보았는데, 어디서 인가에서.' 나는 그 **유달리 녹슨 단검**을 자세히 보기위해 가까이 아주 가까이 유리함으로 다가갔다.

*주.1. (참조: 녹슨 단검과 녹슬지 않은 단검의 차이는?)

그 단검은 분명 비파형(琵琶型 Korean mandolin) 청동검보다 더 강한 철(琵琶型 短劍)로 되었으며 그 손잡이에는 용의 모습이 그려져 있었다.

'맞아. 비파처럼 생겼어. 그리고 저기 저. 용의 모습을…' 나는 눈을 비집고 다시 한 번 처다보았다.

'그리고 참으로 신기하지… 투탕카멘이 살던 시대는 청동기 시대에 속하는데, 어떻게 철로 된 단검이 있었을까? 철기시대는 그보다 무려 200년 후부터 시작됐었는데…' (*주:이집트의 철기 문명은 200년이나 뒤졌었다.)

나는 더 가까이로 가 투탕카멘의 녹슨 단검을 자세히 살펴보며 계속 의문을 가졌다. 지난번에 보았을 때는 아주 초라해 보였던 거마(車馬, chariot)가 이번에는 크게 눈에 확 띄었다.

거마는 투탕카멘보다 먼저 죽은 파라오(왕)들의 무덤에는 없었다. '그렇다면 거마와 철로 된 단검들은 어떻게, 어디에서 전수되었는가?'라는 생각을 하게 되었다. 그 순간 문득 눈을 들어보니 놀랍게도 언제 왔는지 그 거마에는 이집트 사람 세 명이 나란히 앉아 나를 향해 가까이 오라고 손짓하고 있었다.

'아니! 저 사람들은 누구지? 그리고 저 단검! 그리고 거마, 여기 말고 다른 곳에서 보았는데. 어디더라? 어디였지?' 나는 고개를 흔들었다.

생각이 날듯 날듯하나 안타깝게도 내 기억에서 쉽게 떠오르지 않는다. 답답했다. 눈을 꼭 감았다. 그들 세 사람은 아직도 나를 오라고 손짓한다. 나는 약간, 겁이나 그들 앞에서 잠시 주춤거렸다.

순간, 투탕카멘의 황금마스크 속에서 큰 고함소리가 "왕왕"울렸다.

마치 옛날 선조들이 사용하던 한국말로 말을 하는 듯했다.

그 목소리에 나는 퍼뜩 그 기억을 떠올리게 됐다.

'그래! 맞아. 선양(Shenyang), 요녕성, 선양 박물관! 중국? 아니지, 옛 고조선 제후국이란 나라. 거기서, 그래, 거기서 봤어.'

작년 봄 나는 중국, 북경과 선양을 방문한 일이 있었다. 봄이라고 해도 몹시 추웠다.

시간이 있어 별 흥미도 없이 중국 요녕성, 선양 박물관을 찾았었는데 규모는 아주 작고 보잘 것 없다. 거기에는 토기, 석기 그리고 철기 유물들이 고루 갖춰 있었지만 몹시 빈약해 보였었다. 그래도 그 와중에서 어렴풋이 보았던 녹슨 단검과 찌그러지고 형적이 애매한 거마의 모습이 아직도 나의 기억에 묻어 있었다.

'그래! 맞아! 선양에서 본 녹슨 단검, 그리고 거마였어…'

나는 번뜩 눈을 떴다. 단검에서 비쳐 나오던 광채는 사라지고 투탕카멘의 흉상 앞에 선명한 글자가 보였다.

'증조할아버지-아멘호텝(Amenhoteph), 할아버지-네페르티티(Nefertiti), 아버지-아케나텐(Akhenaten)'이라고 쓴 투탕카멘의 선왕들의 족보가 내 눈앞에 큰 현수막처럼 벌렁거리고 있었다. *주 2.(뒷편 해설 참조)

투탕카멘보다 더 훌륭해 뵈는 선대 파라오(왕)들의 이름이었다.

"와! 대단한 파라오. 훌륭하군." 나는 감탄의 말을 공중에 확 뿜어 댔다.

이집트 특유의 매캐한 향냄새가 나며 마법사가 향료를 공중에 뿌렸는지, 내 눈 앞이 안개같이 희미해지더니, 허름한 여행복을 입고 머리가 흰 할아버지와 우람한 근육을 자랑하는 손자가 괴나리봇짐을 등에 메고 멀리 여행가는 모습이 눈에 보였다.

가만히 살펴보니 투탕카멘의 '증조할아버지, **아멘호텝**'과 그의 '아버지, **아케나텐**'의 모습이었다. 거마에 앉아 내게 손을 흔들었던 투탕카멘의 증조할아버지와 그의 아버지였다.

그리고 그들이 하는 말을 알아들을 수 있었다.

"할아버지? 그곳에 가면 고향 사람들을 만나겠군요?" 아케나텐이 물었다.

"그렇다. 우리는 그곳에서 살다 온 후손들이니라." 아케나텐의 할아버지, 아멘호텝이 큰 소리로 말하면서 그들은 내 시야에서 사라졌다.

"잠깐! 그곳이라니? 그게 어디요?" 나는 큰 소리로 물었으나 대답은 없고 얄궂은 웃음소리만 들려왔다.

"허허―그곳이란? 네 조상도, 그곳에서 왔느니라. 다니엘!"

"다니엘? 할아버지? 어떻게 내 이름을 아시오?"

"너도 그곳에서 왔으니까. 알고말고."

"잠깐! 거기 서시요!" 나는 소릴 쳤으나 그들은 사라져 버렸다.

"아― 가버렸네."

정신을 차려보니 내 앞에는 투탕카멘의 황금 흉상과 그 곁에 녹슨 비파형(琵琶型) 단검이 나를 비웃듯이 바라보고 있을 뿐 그 많던 관람자들은 어디에도 없었다.

2017년 8월 14일―

이집트 카이로 소재 중앙박물관에서 생긴 이번 일은, 지난 8년 여기저기 돌아다니며 찾아본 인류문명 중에서 가장 오래된 최초의 문명이라는 이집트문명 속에서 나를 잃어버린 사건이었다. 그러나 역설적으로 세상을 발견한 행운이었다.

하버드대학, 인류고고학 석사 논문의 주제는 다름 아닌 그리스의 철학자 플라톤(Plato)이 알고 싶어 한 **"세계문명의 어머니, 아틀란티스(Atlantis)가 과연 어디에 있는가?"**라는 질문에 대한 대답이었는데, 불가사의한 그 대답을 찾아냈기 때문이었다.

플라톤은 메소포타미아 문명보다 훨씬 전에 서양문명의 원조가 되는 최초의 문명이 유럽에 있었는데 대서양 어디에 침몰 돼 바닷속에서, 잠을 자고 있을 거라고 생각을 했었다. 바닷속에 파묻힌 고대 말타(Malta)섬이나 크레타(Creta)섬처럼 대서양 어느 곳에 파묻힌 세계 최초의 문명지가 있었을 거라고 그는 확신했었다.

이토록 엄청난 플라톤의 질문을 하버드대학 인류고고학 대학원 논문에서 내가 밝히겠다고 말하자 고고학 학계에서는 온통 "말도 안 된다, 아니 웃긴다"라는 반응이 대부분이었다. 내가 공부하고 연구하는 하버드대학 교수들조차도 내가 세계의 역사를 온통 흔들어 놓을 논문을 만들고 있는 중임을 감히 생각도 못했으며 예측도 못했을 것이다.

'두고 보라, 엄청난 논문을 만들어 낼 터이니… 하버드, 아니 전 세계가 깜짝 놀랄 엄청난 논문을!'

(주: 플라톤은 크레타 섬이나 말타섬 어디에 사라진 문명이 있을 거라고 추측했다.)

제2장

나는 누구인가

나는 9년 전, 뉴저지주, **포트. 리**(Fort Lee)시에 있는 유태교 고
등학교 10학년 재학시절부터 세계문명, 유적지를 답사하기 시작
했었다. 그 결과 하버드대학 인류-고고학과에 쉽게 입학한 것은
물론 내친김에 대학원에 진학했다. 그러나 고고학을 전공해서 밥
벌어먹기는 힘들 것이 뻔하기에, 평생동안 천직으로 할 마음은
전혀 없었고, 때가 되면 중간에 다른 일을 하려고 마음먹고 시작
했을 뿐이었다. 단지 돈 많은 부모 덕분에 힘 안 들이고 공부 반,
유람 반, 여기저기 답사 여행을 하며 인생이나 즐겨 보자는 단순
한 마음뿐이었다. 어찌 보면 목적 없이 돈 낭비하는 불쌍한 인생
이었다. 그런데 이번 이집트 박물관을 두 번째 방문하면서 내 인
생이 확 바뀌고 말았다. 인류 고고학이란 정말로 인류문명과 어

러 민족들을 일깨워 주는 한 번 해볼 만한 학문이라고 실감하게 됐기 때문이었다.

'이집트—중앙박물관—킹. 투투(투탕카멘)!' 나는 모처럼 고고학이 무엇인가를 진정으로 깨닫고 기쁜 마음으로 주먹을 꽉 쥐었다.

뜬구름처럼 목적 없이 되는대로 살아온 내가 이제야, 내가 누구이며 무엇을 해야 할지를 알게 됐기 때문이었다. **'자아가 형성됐다는 말이었다.'**

내 이름은 **다니엘 이**(Daniel, **단열**-丹悅, Lee)이며 미국 시민으로 태어났기에 영어만 구사한다.

다니엘이란 유태인의 이름이요 이(李)**란 동북아시아, 한국인의 성씨 중 하나이다.** 그러나 믿기지 않겠지만, 나는 한국인보다는 유태계 미국인으로 불리기를 좋아했으며 그렇게 강요당했다.

"이씨 성(姓)을 가진 유태인도 세상에 있나? 말도 안 되지! 무슨 헛소리…"라고 묻겠지만, 나는 유태계 미국인임을 좋아했다.

그것은 사실이다. 어머니가 유태인이기에 모계사회제도에 의해, 어머니가 유태인이라도 그 자식은 유태인으로 인정한다고 하여 나는 유태인 학교에 다녔으며 덕분에 하버드대학에 쉽게 진학했다.

다니엘이란, 이름 그대로 유태인 포로로 바빌론에 잡혀갔지만 크게 성공해 **바빌론, 메대** 그리고 **페르샤 왕조**에서 총리대신을 지낸 유태인중 가장 훌륭한 인물이다.

단열(丹悅)이란 이름은 할아버지가 억지로 한국말과 한자로 꾀 맞춘 이름이나 정작 미국 시민권과 운전면허증에는 존재하지 않는 유명무실한 별명일 뿐이다.

미국, 특히 동부지방에서 유태인으로 산다는 것은 특권이기에 손해 볼 일은 없었다.

유태인들은 선후배, 민족 관계가 아주 뚜렷하다. 미국 금융계도 유태인들이 절대적으로 좌지우지하고 있으니 유태인 학생이 하버드대학에 진학하는 것은 아주 쉬웠다. 더구나 돈 많은 의사 아버지와 유태인 어머니로 인해 나는 그 덕을 톡톡히 보았다.

그러나, 나이가 들면서 나는 점점 유태인이기를 거부하고 한국인이 되고 싶었다.

'나는 한국인이다. 아버지를 따라야지…'

아버지 혈통을 따르고 싶었기 때문이었다.

그러나 이런 생각은 자만심이 크고, 매부리코를 가진 유태인 어머니에게는 결코 통하지 않았다. 겉은 노란색이나 속은 하얀, 바나나 같은 한국계 미국인, **아버지**(Lee Paul-폴 리.)도 유태인 아내 앞에서는 순한 사슴에 불과했기 때문이었다.

그만큼 유태인 어머니의 힘이 강했다는 말이다.

비싼 돈을 들여, 세계 문명지와 박물관을 두루 찾아다닌 것은 복잡한 유전적 혈통에서 오는 콤플렉스를 벗어나려고 한 것이었지만, 그러나 사실은 아버지의 이유 있는 도움 때문이었다.

외국에 가서 보고 들어야 훌륭한 유태인이 된다고 말하는 어머니의 입김 때문이기도 했다.

어찌 보면 우리 집은 동서양, 온갖 종족이 모여 만들어진 새로운 인간 종족 용광로, 아니 '잡동사니, 혼혈의 집안'이라고 부르는 것이 좋을 듯하다.

조선인, 한국인, 중국인, 하와이 원주민 그리고 유태인까지 합쳐 만들어진 인종적 용광로에서 태어난 기이한 인간이 바로 내가 아닌가? 그럼 나는 **괴물**인가? 아니, 잡동사니, **잡종**이라고 부르기로 하자.

'잡동사니'가 된 문제의 시작은 1880년에 태어난 '**고조할아버지**' 때문이었다. 이름도 생각나지 않으며 알고 싶지도 않은 '고조할아버지'였다.

아니 더 자세하게 그리고 솔직히 말하면 지지리 못난, 조선(朝鮮-Korea)이란 나라로 인해 생긴 바보 같은 비극 때문이었다.

한민족은 단군 임금 이래 4300년의 찬란한 역사를 가졌음에도 불구하고, 조선왕조 말기에 와서, 당쟁과 부패로 점점 가난하고 쇠약해져 청·일·러의 밥이 되었다.

1904년 을사보호조약을 일본과 맺은 후부터 조선은 춥고 배고

푼 멸망의 길로 빠져들어가고 있었다.

그 결과 많은 사람들이 조선을 버리고 만주로, 중국으로 그리고 마침내 미국으로 먹고 살기 위해 뛰쳐나갔다.

고조할아버지(高祖父), 그의 나이 22세, 가난하고 굶주린 그는 마침내 지지리도 못난 조선을 떠나 1902년, 하와이에 마치 노예처럼 노동이민을 왔다.

'하와이 이민'이라고 불렸으나 알고 보면 '노예이민'이었다.

하와이로 온 고조할아버지는 사탕수수밭, 파인애플농장에서 채찍에 맞으며 일하였다. 그 결과 고조할아버지의 손에 쥐어진 달러는 얼마 안 되었지만 조선에서 굶어 죽는 것보다는 백배 큰 돈이었다. 숙식은 옛 흑인노예들 보다는 좋았으나 백인에 비해서는 거지꼴이었다. 그래도 조선에서 사는 것보다는 나았다. 몇 년 후, 하와이 원주민 여성과 결혼한 것이 한민족, 아니 우리 이(李)씨 가문의 피를 흐려놓게 한 시작이었다.

원주민 여성은 그래도 영어를 자유롭게 썼기에 큰 도움이 되었다. 그녀로부터 말도 배우고 사랑도 하고 자손도 만들었다.

1908년 하와이에서 태어난 **증조할아버지(曾祖父)**는 그래도 고조할아버지보다는 상황이 좋았다. 영어도 하고 학교도 갔다. 머리가 좋아 번뜩 느끼는 것이 있었다. '하와이를 떠나야 한다. 여기선 아무런 희망도 없다!'라고 생각한 그는 하와이를 벗어나 일찍이 동부, 뉴저지로 이주했다. 그리고 열심히 공부했다. 그리고 마침내 의사가 됐으니 조선 천지가 깜짝 놀랄만한 성공이었으며 백인들에게는 기적 같은 사건이었다.

증조할아버지는 그래도 조선의 피를 간직하려고 한국 여성을 만나 결혼했다.

명색이 의사이기에 뉴저지 시골에서 일반의사로 개업을 해 경제공황으로 먹고살기도 힘든 그때, 오히려 건물과 땅을 구입했는데 이것이 오늘날 엄청난 부의 가치를 갖고 있어 후손들에게 큰 도움이 된다.

1940년에 태어난 **할아버지(祖父)**도 열심히 공부해 의사가 됐다. 그는 증조할아버지보다 더 진취적이어서 뉴저지 시골, 농촌을 떠나 뉴욕이 가까운 허드슨 강 근처, 잉글우드(Englewood)로 이사와 개업을 했는데 역시 성공적이었다. 아내는 한국인과 비슷한 중국 여성을 맞이했다. 결국 나의 할머니는 중국 여인이다.

이때부터 우리 집에는 중국어, 한국어, 하와이 원주민어 그리고 영어가 통용되는 국제가문이 되었다. 말이 중국인이지 할머니역시 2세 미국인이기에 영어가 주 언어였다. 그러나 중국 사람들은 어디를 가던 끈질기게 중국어를 배워 결코 버리지 않았다. 반대로 한국인은 어찌된 셈인지, 조선어(한국어)를 계속하지 못했다. 결국 나도 한국말을 거의 못한다. 아주 바보다.

돌이켜 보면, 할아버지와 할머니에 대한 기억은 남달랐다. 할아버지는 대단한 민족주의자이었기에 손자인 나에게 한글, 그리고 한자도 가르치려고 했으나 유태인 며느리 때문에 잘 되질 않았다. 유태인 며느리 즉 나의 어머니는 말로는 '모국어를 가르쳐야지요'라고 했지만 한 번도 한국어를 가르쳐 본적도 없었고 스스로 한국어를 배우려고도 하지 않았다. 오로지 유태인어, 즉 히부르 말은 열심히 사용하고 내게도 가르쳤다.

이에 비해 **아버지(父)**는 할아버지와는 180도 달랐다. 말이 적고 피동적이며 어려움을 피하려는 성격을 가졌으며 나에게 아주 호의적이었다. 아버지 역시 한국말이 서툴다.

아버지는 할아버지의 성화에 못 이겨 역시 의사가 됐다. 뉴욕의 명문 콜럼비아의대를 나와 NYU(뉴욕)대학병원에서 신경외과 수련의과정을 밟던 중, 간호사인 **술라미 로젠버거(Sulami Rosenberger)**를 만나 결혼한 것이 1989년이었으며 문제가 시작된 해였다.

유태인 어머니는 한국인, 하와이 원주민, 그리고 중국 여성과는 완전히 달랐다. 달라도 너무 달랐다.

어머니는 천재라는 별명을 갖고 있던 **아버지, 폴 이(Paul Lee), 신경외과 전문의사**를 압도하는 유태인 여성이었기에 그녀의 아들인 나는 스스로 유태인이라고 고등학교 입학할 때까지 생각하고 살았다.

유태인 가족들은 유태인 명절이 되면 떼거리로 몰려와 그들 특유의 전통을 유지했다.

그러기에 나는 완전히 유태인 아이로 성장했다.

금요일이면 어머니 따라 시나고그(유태인 회당)에 가서 배우고 왔다. 그러나 아버지는 의사일로 바쁘다고 참석하지 않았다.

공식적으로 내 이름은 '다니엘' 일뿐 한국식 이름, '단열'은 아예 불리지도 않았다.

그래서, 할아버지와 어머니가 곧잘 싸우기도 했었다. 그 결과 할아버지를 더 이상 보기 힘들었다.

"다니엘 너는 유태인이다!"라고 어머니는 선을 그었다.

"단열! 너는 한국인이다!"라고 할아버지도 선을 그었으나 정작 아버지는 미적미적 중간이었다.

"다니엘 너는 유태인도 되고 한국인도 된다. 그러나 너는 미국인이다"라고 아버지는 말했기에 나는 나의 존재가 더 혼란스러웠다.

"나는 누구인가?" 이것이 나의 질문이었다.

마침내 9학년 때 나는 내가 누구인가를 알게 됐다.

"나는 유태인과 한국인 혼혈이다"라고.

그렇다면 나는 한국인이요, 유태인이다. 둘 다이다. 그렇게 생각하는 편이 편했다. 그리고 유리했다.

중앙박물관을 떠나 호텔로 돌아오는 길에 택시를 이용했다.

아랍인 운전사는 콧노래를 부르며 무질서한 카이로 시내를 요리저리 잘 피해 가고 있었다.

여기저기에 너절하게 널려진 반이스라엘 구호가 눈에 띄었다.

"손님? 미국사람이슈?" 수염을 길게 기른 택시 운전사가 나를 보고 물었다.

"그렇소, 미국사람이요, 그리고 한국사람…"

"한국사람? 정말? 노스 코리아?"

"…"

한때 비동맹 국가로 친밀했던 북한(north Korea) 김일성의 영향력이 아직도 여기 카이로에 남아 있음을 느낄 수 있었다.

나는 입을 꽉 다물었다. 더 이상 말해봐야 무슨 상황이 될지 예측을 할 수 없었기 때문이었다.

"우리(이집트)도 핵을 가져야 하는데… 그래야 이스라엘, 이란을 견제할 수 있는데…"

그는 혼자 말을 퍼부었다.

"그래서 노스 코리아가 부럽소? 이집트는 이스라엘과는 평화협정을 했으니 전쟁은 없을 텐데…" 나는 여기 이집트 사람의 입을 통해 이스라엘이 얼마나 힘든 상황인가를 실감하였다.

"미국과 이스라엘은 한 통속이니까…" 그는 나를 흘끗 쳐다보며 말했다.

유태인들과 아랍인들의 다툼은 마치 나의 아버지 어머니와의 다툼과 비슷했다.

숙명적인 다툼이라고 나는 생각한다.

이왕 얘기가 나온 김에 내 정체성과 숙명적인 또 다른 다툼을 조금 더 소개해 보자.

아버지와 어머니는 공교롭게도 금년 56세가 된다.

아버지는 한국인 4세이기에 한국말도 잘 못하고 한국 음식도 좋아하지 않아 더 이상 한국인이 아니다.

반면에 어머니는 히부르 말도 잘 하고 유태인 특유의 음식을 즐겨 먹으며 매 금요일마다 시나고그(유태인 회당)에 가서 유태 의식에 따른 예배를 갖는다.

어려서부터 나는 히부르 말도 배우고 탈무드를 외우고 공부도 했다.

그러나 아버지는 나를 한 번도 한국말 공부를 시킨다든지 한국 명절 모임에 데리고 가질 않았기에 나는 한국 사람들은 아예 그런 모임이 없는 것으로 알고 유년시절을 보냈다.

아버지는 말이 적었으며 크게 다투질 않았다. 모든 것이 오케이였다.

그러나 어머니는 달랐다.

이차세계대전 중, 폴란드에서 미국으로 도망 나온 유태인 집안이었다. 생활력이 강하고 정치적인 수완이 있어 나의 외할아버지는 뉴저지주 상원의원이었다. 그리고 로젠버거(Rosenberger)라는 성을 가진 은행가, 의사들이 많다.

만하탄에 있는 NYU(뉴욕대) 병원에서 간호사로 근무한 어머니는 유태인 여성 특유의 이마를 가진 미인이었다. 주: NYU: New york University: 뉴욕 맨하탄에 있는 세계적인 대학교.

"누가, 술라미와 결혼할까?"

그녀는 많은 남성들 사이에 인기가 있었으며 특히 유태인 의사들 사이에서는 결혼 제1 순위였다.

그런데 막상 술라미가 선택한 남편은 생각지도 못한 한국계 폴이, 신경외과 수련의사였다. 파장이 몹시 컸다. 몇몇, 유태인 의사들은 노골적으로 불만을 표시하기도 했었다.

"술라미? 하필이면 왜? 한국인이냐, 넌 유태인이 아니냐?"라고.

그런 이유인지는 몰라도 결혼 조건 중 하나로, 아내는 유태교를 계속 신봉할 권리가 있을 뿐 만 아니라 자녀 교육도 성장할 때까지 유태-한국 교육을 병행하기로 약속 했다고 한다. 그러나 내 기억으로는 어머니로부터 한국 교육은 한 번도 받은 기억이 없었다. 아버지의 무관심과 무능력 때문이었다.

어머니와 다투지 않으려고 일부러 피하는 듯했기 때문이었다.

결국 나는 어머니로부터 일방적으로 받은 주입식 교육이 많았다. 한가지, 어머니의 가르침에 의하면 인류문명은 메소포타미아에서 시작됐다고 했다.

메소포타미아 문명은 황하문명, 이집트문명보다 앞선다고 했다.

지금의 이락지방, 우르와 그곳에 있는 지그라트 그리고 하무라비법전은 어려서부터 알고 들었다.

아담과 이브가 살았다는 에덴동산도 알고 보면 여기 메소포타미아라고 알게 됐다.

결국 어머니가 말하고자 한 것은 역시 유태인의 역사였다. 메소포타미아, 우르 지방에서 부유하게 살고 있었던 아브라함이 여호와의 명령에 따라 하란을 거쳐 가나안으로 들어와 유태민족을 이루었다고 어머니는 강조했다. 무려 4000년 전의 역사라고 일러 주었다.

유태인들은 **히부르 글자로 기록**을 남겼지만 아버지의 나라 한국은 이런 기록이 없었다. 한국은 6000년의 긴 역사가 있다고는 하나 실제로는 BC 67년경부터 고구려 신라 백제가 건국된 것이 유효할 뿐이었다. 그러나 유태민족은 4000년 전의 역사도 기록으로 남겨 놓았다. 그러기에 어머니는 유태인들은 우월한, 선택된 민족(選民)이라고 강조했다.

"다니엘! 너는 선택된 민족이여. 유태인이여…"라고.

"유태인? 아니, 난 아메리칸이여, 코리안 아메리칸…" 나는 언젠가 어머니에게 크게 반발했었다.

"다니엘? 너 지금 뭐라고 했니?"

"코리안 아메리칸이라고 했습니다."

"다니엘! 넌 유태인이다. 유태계 아메리칸!(Jewish American)."

"…"

고등학교 시절, 어느날, 나에 대한 정체성이 유태인 친구에 의해 무참하게 무너진 경험이 있었다.

"다니엘! 넌, 엄밀히 말하면 유태인의 피를 50% 받은 튀기일 뿐이여. 너는 한국인이이여!"

부모가 유태인인 정통 유태인 친구들은 나를 더러운 사마리아 사람처럼, 이방인 취급을 하곤 했다.

대학에 진학하면서 나는 아예 유태인은 물론 한국인으로부터 독립을 선언하고 아메리칸으로 만 행동했었다.

"나는 미국인일 뿐이다…"

제3장

땅속에 묻힌 세계 문명지

카이로 소재 5성 호텔중의 하나인 **"람세스 호텔"**로 돌아오니 어느새 저녁이 되었다. 그러나 아직도 저녁 해는 이글이글 나일 강을 강렬하게 비춘다.

"람세스?" 나는 문득 유태인의 지도자 모세가 생각난다. 모세와 왕위 자리를 놓고 다투었던 인물은 람세스가 아니고 투투모스(Thutumose III)가 아니던가?

오늘따라 옛날 유태인의 선조 요셉과 우리 조상들이 살았던 고센지역이 내 기억에서 떠오른다.

그 후, 히부르 사람들은 이집트 사람의 노예로 400년을 살았는데 그들은 여기 나일강 가에서 무었을 했을까. 그들의 서글펐던 역사를 생각하고 있었다. *주.3.

창문가에서 눈앞에 뵈는 나일강을 바라본다. 유람선이 떠돌며 멀리 나일강을 가로지르는 다리에 붉은 저녁 햇살이 무교병(효소 없는 빵)을 부풀리려고 애쓰는 것 같았다.

"다니엘! 나일강에 수 많은 히부르 남자 아이들이 수장됐었지… 그래서 가끔은 울부짖는 울음 소리를 듣는다네…" 누군가가 나를 향해 말하고 있었다.

"누구시죠? 그렇게 말하시는 분은?" 나는 정중하게 물었다.

"투탕카멘의 단검, 단검의 주인이요…"

"예! 단검? 단검의 주인이라면? 투투왕의 아버지?"

"그렇소."

"그렇다면 투투모스(Thutumose III) 왕을 아시나요?"

"투투모스? 알지. 그는 나보다 100년 전에 살았던 선배 왕이지…"

"그렇군요. 그런데 사실은, 투투(투탕카멘) 왕이 갖고 있는 단검과 아주 똑같은 단검을 보았습니다. 저기… 중국의 선양에서…"

"중국의 선양이라… 사실은 그게 중국이 아니고, 고조선동이족(古朝鮮東夷族)이라고 해."

"동이족? 그것은 또 뭐요?"

"동이족이란, 중국 사람들은 자기네는 중화(中華) 즉 세계의 중심지에 있고 다른 민족은 변방에 사는 오랑캐라고 비하하고 있는 말이지. 그런데 사실 따지고 보면 '다니엘' 당신의 피 속에도 동이족의 피가 흐른다네…"

"내 피 속에?"

"그래!"

"그럼, 나도 오랑캐란 말이군요? 유태계−한국 오랑캐?"

"그런 셈이지, 하하…"

순간 투투왕의 아버지는 멀리 사라졌다.

알라신에게 기도를 올리는 이슬람 시간이 됐는지 갑자기 곳곳에 설치된 확성기를 통해 "왕왕…"거리는 이슬람교도들의 기도 소리가 내 귀청을 찢어지게 한다.

알아듣지 못하는 말과 음악은 잡음이요 귀를 아프게 하는 소리일 뿐이었다.

이집트의 **태양신은 알라**에 의해 밀려나 사라진 지 오래였다.

갑자기 배가 고프고 갈증이 났다.

3층에 있는 아랍식 식당으로 들어가 메뉴를 살펴보았다.

무화과, 양고기, 포도주, 그리고 올리브가 들어 있는 파스타가 눈에 띄었다.

붉은 와인에 아랍식 음식을 배불리 먹고 방으로 올라오니 나른하게, 스르르 잠이 온다.

푹신한 소파에 기대어 잠시 티비(TV)를 틀었다.

ISIS가 기성을 부리던 락카지방에 관한 뉴스가 들어왔다.

락카에서 쫓겨난 ISIS가 점차 다른 곳으로 그리고 마침내 여기 이집트에도 들어와 뿌리를 내리고 있다는 뉴스였다.

'락카, 모슬, 바그다드, 우르, 니느에, 앗수리아, 바빌론, 느부가네살, 페르샤의 고레스왕… 그리고 다니엘', 다니엘이 떠오른다.

"다니엘? 선지자 다니엘은 출중한 히브르 민족지도자였어. 너도 그 다니엘이 되거라."

언젠가 어머니가 큰 소리로 말했던 것이 번뜩 떠올랐다.

"맘!" 나는 큰소리로 대답했다.

"그래, 사라진 왕국을 회복해야지." 어머니가 다시 말했다.

"맘? 사라진 왕국이 어디죠? 유다? 아님, 조선?" 나는 또다시 물었다.

"바보… 바보… 물론 유다지!" 그리고 어머니는 대답을 하지 않았다.

－4000년 전, 메소포타미아 우르(Ur)지방에 살았던 아브라함은 거부였었다. 가솔도 많고 양 떼도 많았다. 우르에 있는 지그락에 가서 우상에게 경배도 드리고 별을 보며 점도 쳤다.

그러던 어느날, 야외(유태의 신-여호와)가 그에게 말했다.

"너는 여기 우르를 떠나 내가 지시하는 곳 가나안으로 들어가 거라."

그는 순종했다. 말도 안 되는 이민의 길을 떠났다. 인류 최초의 문명지, 메소포타미아의 유프라테스와 티그리스강을 멀리하고 건조하고 척박한 사막지대인 가나안으로 이주하여 히부리족을 이루었다. 바로 다니엘의 조상이 되었다.

히부르사람들, 야곱의 가솔들은 가나안에 흉년이 들어 아들 요셉을 따라 애굽으로 이주했다. 요셉이 죽은 후 유태인들은 400년 동안 노예처럼 고생하며 살았다. 선지자, 모세를 통해 기적과 같은 탈출(Exodus)을 해 가나안으로 들어오는 데 40년, 그들은 마침내 가나안의 주인이 되었다. 조슈아, 사사 시대(400여 년) 후, 걸출한 임금 다윗(3000년 전)이 온 가나안은 물론 인근을 정복하여 이스라엘 역사상 가장 크고 강한 나라를 만들었다.

그 후 솔로몬 시대에 반짝하다가, 남북 왕국으로 분열되어 싸우며 살아왔다. 이렇게 싸움질하며 살아온 유태인들을 나의 어머니는 오히려 역설적으로 자랑했다.

"다니엘! 우리 유다 역사상 가장 번창하고 독립적이며 강성했던 시기가 바로 다비드왕 40년 그리고 솔로몬 왕 40년 고작해 봐야 80년이었어. 나머지는 얻어맞고 쫓기고…종살이하고… 어찌 보면 불쌍한 민족이었지…"

어머니는 그날 따라 자신의 조상들이 불쌍하게 느껴졌는지 슬픈 듯이 울먹이며 말을 했다.

성경에는 나오나 그 자취가 지도상에서 사라져버린 '앗시리아'는 북 왕국 이스라엘을 점령해, 그 거주민들 남성은 모두 죽이고 여성은 강간을 하여 엉뚱한 잡종, 사마리아사람을 만들었다.

역시 성경에는 나오나 역사에서 자취를 감추었던 바빌론제국은 유다를 점령하고 많은 사람들을 노예로 끌고 갔다. 그때 나와 같은 이름을 가진 다니엘은 비록 포로의 신분이었으나 총명하여 임금에 의해 발탁돼 총리가 된다.

악한 정권 바빌론은 페르샤에 의해 멸망하나 선한 정치를 폈던 다니엘은 계속해서 페르샤의 총리로 남는다.

그 후의 유태 민족은 흩어진 민족이요, 개같은 대접을 받아온 민족이었다. 히틀러에 의한 인종 말살정책으로 500만 유태인이 죽었다. 그럼에도 불구하고 2차대전 후 가나안 땅으로 들어가 이스라엘을 건국했을 뿐 아니라 그간 닦아 둔 경제적인 힘으로 미국과 온 세계를 좌지우지하고 있다.

"다니엘! 유다는 앗수르, 바빌론 그리고 페르샤에 의해 종노릇하며 겨우 목숨을 이어 갔어. 다니엘은 사자굴에 던져졌어. 이가 날카롭고 발톱이 예리한 사자에게 한방이면 죽었지. 수많은 유태인은 로마인들에게서도 마찬가지였어. 사자굴에 던져지고, 땅속으로 굴을 파고 들어가 살았지…"

"알고 있습니다, 다니엘은 사자 굴에 던지우고 풀무불에 던지워졌으나 조금도 타지 않고 살았지요… 야외가 살려 주신 거죠."

"너도 알다시피 우리는 폴란드에 살던 유태인이었어. 독가스로 유태인들을 학살했던 아우슈비츠가 가까이 있는 곳이지.

살을 에는 엄동설한에 우리 유대인들을 완전히 발가벗기고 줄을 세워 미리 파놓은 웅덩이로 걸어 들어가면 총을 쏴 죽였지. 그리고 며칠이 지나서 흙으로 덮어버렸어. 우리 식구들도 폴란드에 있다가 잡혀 죽음을 당했어… 그 추운 겨울, 발가벗긴 채 오들오들 떨면서 내가 사랑하던 오빠도, 언니도 죽고, 구덩이로 밀려들어가 죽었어. 전쟁 후 뼈라도 찾아보려고 했는데 못 찾고 말았어…

다니엘! 결국 **민족의 역사를 잃어버리면 민족 전체가 죽는 거야! 민족 전체가!** 문명을 유지하지 못한 민족은 세상에서 다 사라졌어. 그래도 우리 유태인들은 야외라는 신앙과 유태 문화가 있었기에 살아남은 거지…" 어머니가 마침내 눈물을 펑펑 흘리던 모습이 생생하고 아련하게 떠오른다.

아우스비츠 유태인 학살 수용소에 독가스가 독버섯처럼 피어오르는 듯했다.

"어머니! 울지 마세요!" 나는 어머니를 위해 이 말밖에는 할 것이 없었다.

이상은 어머니로부터 귀가 닳도록 들어온 학대 받은 유태인의 역사이다.

그런데 이들을 학살하고 괴롭혔던 강국, **앗시리아와 바빌론**은 지구상에서 통째로 없어졌다. 그런데 이게 또 웬일인가? 고고학자들에 의해 사라졌던 옛 도시와 왕궁들이 하나둘 발굴돼 그 모습을 세상에 드러내놓았을 때, 온 유럽 사람들은 소스라쳐 놀랐다.

'사라진 제국… 그리고 다시 찾아진 제국… 땅속에 매몰된 니느웨성, 바빌론의 수도, 그리고 거대한 왕궁과 수 없는 조각품들이 땅속에서 잠자고 있었다.

반대로 힘이 없어 죽임을 당하였던 유태민족은 여기저기로 떠돌아다니다 2500년 후에 옛 고향으로 돌아가 이스라엘 나라를 건설하였다. 2500년 동안 세상에 흩어져 거지처럼 목숨을 유지해 온 유태인들이…'

문득, 히부르 노예들의 합창, 나부코(Nabucco)가 울려 나와 내 귀를 송두리째 흔들고 만다.

바빌론 강가에 수금을 걸어놓고 노래하던 유태인들이 소리를 치는듯하다.

"다니엘? 그래서 네 이름을 다니엘이라고 지었어…" 어머니가 소리치는 것 같았다.

내가 알기로는 지도상에서 사라진 왕국을 놓고 많은 고고학자들은 그 소재를 알기 위해 무단히 탐구하고 추측을 해왔다.

분명, 유프라테스강과 티그리스강이 만나는 곳, 아니면 강가 어디에 분명히 옛 왕국은 존재했을 것이라고 추측했다. 마침내 그들의 눈에 사라진 도시가 들어 온 모양이었다.

고고학자들이 황량한 사막을 파들어가기 시작하자, "미친놈 들… 미친놈들…"이라고 손가락질 받았다.

그러나 그들은 분명 "여기에 사라졌던 도시와 왕궁이 있을 것이"라고 100% 믿었다.

드디어, 모래 흙더미에 묻힌 니느웨성이 발굴됐을 때 세상은 놀라고 까무라쳤다.

그뿐인가 이번에는 바빌론의 화려한 궁과 도시가 노출되었다.

"와! 어떻게 이런 엄청난 성(城)이 있었나?"

사람들은 놀랐다. 화산재에 파묻힌 '폼페이 시'가 발굴되자 온 세상이 놀라기는 마찬가지였다.

아니, 인도네시아, 캄보디아 정글 속에서 뿌남뿌넨과 앙코르 왓트와 같은 어마어마한 사원이 발견되었을 때 역시 세상은 놀랐다.

'잊혀진 도시와, 사람…'

1000년간 숨도 쉬지 않고 모래 속에서, 정글 속에서 잠들어 있었던 옛 왕국과 사원들이 드디어 고고학자들의 손에 발견 돼 숨통이 터지게 되었다.

나는 갑작스레 달려드는 문화적 충격으로 얼굴을 감싸 안고
말았다.

'**고고학**이란 바로 이것이구나. **인류학**이란 역시 바로 이거였
어. 신과의 싸움에서 저주받은 결과가 바로 이런 것이었구나…'
나는 비로소 고고학을 전공하는 대학원생이 된 긍지를 느끼고 있
었다.

수메르(Sumer) 사람들은 높아지려고 발버둥쳤다. 아니 신
보다 더 커지려고 바벨탑을 쌓았는데 신은 노하였다.
"나쁜 놈들, 인간들! 너희는 죽어야 한다!"
대노한 신은 바벨탑을 와르르 무너뜨리고 말(言語)도 흐트려
버리고 말았다.
'신을 노하게 하지 말라'라고 했는데, 현대 사회는 신을 더더
욱 노하게 하고 있으니 이젠 어떤 방법으로 그들은 벌을 받게 될
까…'

따르릉, 따르릉－－－
갑자기 탁자 위에서 전화벨이 울린다. 호텔 후론트 데스크에서
온 굵은 목소리를 가진 남자 직원의 전화였다.
그리고 보니, 나는 그동안 곤하게 낮잠을 자며 꿈을 꾼 셈이

었다.

내일 아침에 알렉산드리아로 여행을 가지 않겠는가, 라는 안내 질문이었다.

"알렉산드리아?" 나는 약간의 흥미를 느꼈다. 알렉산더 대제는 물론 그 후에 일어났던 클레오파트라가 보고 싶었기 때문이었다.

'갈까? 말까?' 약간의 고민을 한 후 다시 전화로 "내일은 제 계획이 따로 있습니다"라고 대답해 주었으나 사실은 특별한 계획은 없었다.

저녁을 먹은 후에 몸이 나른해 일찍 잠이 들었다. 아직도 꿈을 덜 꾸었는지 아니면 이집트의 마술사에게 홀렸는지 밤새도록 벼라별 희한한 꿈들을 꾸었다.

—바벨탑을 쌓던 수메르인들과 유태인을 노예로 잡아간 잔인했던 앗시리아, 바빌론제국이 마치 악마처럼 느껴졌다.

사마리아(Samaritan) 사람들이 눈에 들어 왔다. 앗시리아 남성들에 의해 강제로 강간당했던 북이스라엘 민족들의 후손인 사마리아 사람들을 유태인들은 개나 돼지로 취급했었다.

"더러운 피가 섞인 돼지 같은 놈들!"

그런데 돼지 같은 그들 중에도 내 마음에 기억되는 아련한 선한 사마리아인과 우물가의 여인이 밤새 나의 머릿속에서 아니 꿈속에서 아른거렸다.

강도를 만나 죽어 가는 사람을 구해준 선한 사마리아 사람(Good Samaritan)은 개 취급을 받던 사마리아 사람이었다.

'선·한·사·마·리·안'이었다. 깨끗하고 선하다고 주장하는 유태인은 몰인정하게 그냥 지나쳤지만…

5번씩이나 남편을 바꿨던 개만도 못한 우물가의 처녀, 아니 사마리아의 창녀는 예수를 만나 영생의 물, 즉 목마르지 않는 물을 마셨다.

'수·가·성·의 여·인'이라 불리는 그녀는 그 후 동네에 들어가 기다리고 기다린 메시아, 예수를 만났다고 증언하였다.

그들, 선한 사마리아 인과 수가성의 창녀는 그 후 어찌 되었을까? 천국에 갔겠지… 궁시렁 궁시렁 밤새 생각하며 나는 밤을 지새웠다.

잊혀진 왕국과 사람들… 그런데 그들이 고고학자들의 노력으로 다시 살아 나오다니…

나는 바지락거리며 몸부림치다 마침내 또 잠이 들었었다.

"잊혀진 문명은 또 있느니라…" 누군가가 자는 내 귀에 대고 큰 소리로 말하고 있었다.

밤새 자다 깨다 반복하다 새벽녘에 다시 잠이 들었다.

오늘 아침 늦잠이 들었던 것은 아주 당연했다. 밤새 뒤척이다 겨우 잠에 들었으니 당연한 일이었다.

나일강 동편에 뜬 해가 이글이글 강렬했다. 마치 고갱의 얼굴을 흑장미처럼 불태울 듯이 이글거린다.

나일강 상류에 있는 에티오피아 정부에서 수력발전 댐을 만들겠다고 하여 이집트 외교장관이 급히 협상을 하려고 달려갔다고 한다.

"이것 봐! 나일강 상류를 막으면 이집트는 어떻게 살겠는가? 우린 죽는다! 젖줄을 막으면 안 돼!"

"무슨 말야? 나일강은 여기 이티오피아에서 흘러내려가는데, 왜 우리 강을 우리가 막아 수력발전을 하겠다는데, 웬 간섭인가?"

이티오피아 외무장관이 큰소리로 대답했다.

그런가 하면 수단지역에 있는 나일강에 오염이 심하다고 불평하는 뉴스가 나온다.

"수단 사람들이여! 나일강을 오염시키면 우리, 이집트 사람들은 물을 못 마신다. 그럼 우린 죽는 거야!"

"오염이라니? 우린 우리 강에서 우리의 물을 퍼먹은 것일 뿐이다. 간섭마라!" 수단 외무장관도 큰 소리를 쳤다.

나일강 - 나일강은 -

이집트의 젖줄이요 생명줄임에 틀림이 없다고 생각했다. 그런데 인구가 늘고 보니 이웃 나라와 문제와 갈등을 만들기 일쑤였다.

"잊혀진 문명은 그것 말고 또 있느니라, 다니엘!"이라는 음성이 또 메아리친다.

'그래? 어디에?' 나는 혼잣말로 물었으나 대답은 없었다.

아침 겸 점심을 먹은 후 택시를 불러 다시 이집트 중앙박물관으로 직접 찾아갔다.

투탕카멘과 그의 곁에 있던 그의 아버지, 할아버지, 그리고 증조할아버지가 나를 부르는 것 같았다. 그런데 이번에는 그들을 정말로 가까이에 가서 보고 싶어 무조건 찾아왔다.

역시 어제처럼 많은 사람들이 찾아와 안내인의 설명을 듣기에 바쁘다. 대열에서 잠시 이탈해 눈을 더 옆으로 돌렸다.

거마(車馬. Chariot)가 내 눈을 끌었다.

이젠, 사용 불가능한 이 거마는 투탕카멘이 즐겨 쓰던 유물이라고 한다.

전선에 직접 나가 용맹을 보여 줘야 했기에 젊은 투투(King Tut)왕은 칼 쓰기와 거마타기에 익숙했다고 한다.

로마시대의 전차 싸움, 인도 아리안들이 사용했다는 거마를 영화에서 본 적이 있었다.

비파형(琵琶型) 동검과 비파형 철제 단검(korean mandolin style, dagger)의 손잡이에는 금시 날아 갈 것 같은 용의 모습이 그려 있었다.

"비파처럼 생겼어. 그리고 용의 그림이, 아 용의 그림이…" 나는 어제보다 더 큰 흥분을 감출 수가 없었다.

그리고 문득 생각이 난다. 중국 선양에서 본 것과 아주 유사하다고 단정했다.

'중국에서? 맞아 선양 박물관에서. 그리고, 그리고, 아! 도시 외곽 시골에서 큰 묘도 봤었지. 마치 피라미드처럼 거대한 묘를. 적석총이라고 했어.'

나는 갑자기 중국에서 본 유물들이 기억에서 생생하게 떠오르고 있었다.

투탕카멘의 무덤이 발굴된 것은 1922년이었다. 그렇다면 2350년 전에 죽은 이집트 왕, 즉 바로의 무덤이 이토록 호화롭고 아름다웠을까…

4000년 전, 이집트인들은 어떻게 이런 무덤과 유품들을 만들었을까?

찬란한 문명이라고 생각했다.

그런데, 오늘날의 이집트는 이게 무엇인가? 이토록 비위생적이며 마치 야만인 같은 생활을 한단 말인가?

과거의 이집트문명은 찬란했었는데 현재의 이집트는 빈민국의 본보기였다.

왜, 카이로는 공해가 심하고 질서가 없을까?

투탕카멘의 저주란 말도 있지 않은가? 죽은 파라오들의 저주라고 했다.

'그렇다면, 나도 한번 가보자. **왕가의 계곡**(王家의 溪谷)으로… 투탕카멘이 묻혔던 그곳으로!' *주:왕가의 계곡-숨겨진 왕들의 무덤들

왕가의 계곡은 죽은 후 영생을 하려고 한 왕들이 스스로 만든 무덤이다. 말이 무덤이지 빼어난 건축물이기에 지난 4300여 년 끊임없이 도굴꾼에 의해 보석들과 기타 공예품들이 약탈당해 왔다. 대부분의 임금 무덤들은 다 도굴당했다. 그래서 이젠 더 찾기가 힘들었다고 하였다. 그러나 왕가의 계곡에 있는 왕자들의 무덤이 하나둘 밝혀지면서 세계의 이목은 아직도 이집트에 있는 듯

하다.

"아직도 숨어 있는 무덤은 더 있다! 더 있다!"

모세와 왕위를 다투었던 왕자는 투투모스 III세였다. 권력자, 파라오와 싸워 200만 유태인들을 출애굽 시킨 모세는 정말 위대한 선지자였다.

왕, 투투모스의 군대를 따돌리고 도망 나온 유태인들은 마침내 홍해에서 절망적인 상황에 이르렀다.

앞으로 나가자니 홍해바다가 앞을 막고 있으며 뒤에는 이집트 군대 그리고 양쪽으로는 높은 산과 절벽으로 어찌할 수 없는 긴박한 상황이었다.

"모세! 모세! 우릴 여기에 수장시키려고 끌고 왔나?" 백성들은 불평했다.

바로 이때, 여호와가 유태인들을 살려주지 않았던가?

킹 투투보다 100년 후에 통치했던 이집트 최고의 왕, 람세스 (2세. 19왕조)는 이집트 최고의 왕이라고 한다. 그가 세운 신전과 피라미드는 세계 최고의 보물이라고 한다. 나도 한번 꼭 가보고 싶었다.

그리고 옛 유태인들이 노예로 살았던 고센 땅에도 가보고 싶었다. 이집트에 와서 보니 이집트는 메소포타미아보다 더 먼저 그리고 더 번창한 문명을 만들었으며 세계 최고의 문명지였다고 확신하며 나는 이집트에 도취하고 말았다.

뿐만 아니라 어머니가 주장하는 유태교도 이집트의 영향을 받았음을 알게 되었다.

나는 예정에도 없이 람세스(II세)의 신전과 **왕가의 계곡**을 찾아가기로 했다. 고고학을 전공하는 대학원생이 반드시 거쳐야만 한다고 생각했기 때문이었다. 아니 데베와 알렉산드리아에도 가서 유적을 더 보고 싶었다.

호텔에서 마련해 준 택시를 타고 나일강을 거슬러 올라갔다.

허드슨강보다 훨씬 크고 넓은 나일강은 분명 이집트의 젖줄이었다. 강 주위로는 식물과 나무가 잘 자란다. 그리고 아스완댐을 만든 이후 매년 범람하던 홍수는 잠잠하다. 강물이 아직도 탁(濁)한 것은 상류에 나무들이 적다는 이유일 게다.

람세스 II세의 신전은 듣던 대로 크고 웅장했다. 그리고 왕가의 계곡은 말 그대로 어디가 어딘지 알 수 없는 미로(迷路)였다.

무덤의 입구는 찾기 힘들게 위장되었는데 투탕카멘의 무덤을 발굴한 고고학자 하워드 코터(Corter)는 무덤을 발견하려고 9년을 노력했었다. 그를 위해 돈을 대준 카나본(Canarvon)도 거의 포기한 상태에서 코터는 투탕카멘의 묘를 발굴하는데 성공을 했다.

물론 6개월 후 카나본은 모기에 물려 전염돼 죽었는데 이를 두고 '투탕카멘의 저주'라고 부른다.

"투탕카멘의 저주! 저주! 그러니 함부로 묘를 파지 말라!"라는 소문이 돌았었다.

"와! 고고학이 이렇게 힘들고 끈기 있어야 하나? 돈도 있어야 하고! 목숨도 내 걸고?"

그렇다면 나 또한 고고학자인데 지혜도 없고 담력도 없는 듯하니 고고학을 하기에는 역부족이라고 스스로 생각했다. 아니 자격 미달이라고 생각했다.

죽은 사람, 특히 미이라가 누워 있는 캄캄한 동굴 속을 헤집고 다닌다는 것은 담력이 부족한 나로서는 불가능하다고 생각한다. 죽은 미이라를 어둠 속에서 보면 "깍" 소리를 지르면서 정신을 잃고 까무라 칠 것 같았다. 더욱이 건축학에 조예도 없다 보니 고분을 분석하지도 못할 것 같았다. 세계 최고라고 자랑하는 하버드 대학을 내세울 만한 아무것도 없는 고고학의 초보자가 바로 나라고 처음으로 느꼈다.

돌아오는 길에 나일강 중류에 꽤나 많은 퀼터 교회당과 십자가를 보며 의아했다.

여기는 이슬람 국가인데, 아니? 어떻게 기독교가 이토록 버젓이 십자가를 달고 예배를 보고 있다니…

"다니엘이라고 하셨지요? 생각해보십시오. 예수님은 탄생한 후 바로 이집트로 피난을 갔었지요. 그 후 그곳에서는 기독교가 자연스레 발생했지요. 놀랍게도 알렉산드리아에서 처음으로 수도원이 생겼었지요. 그러기에 이집트는 악마의 나라라고만 생각하지 마세요. 유태교는 물론 기독교와 아주 근접한 친구입니다. 아시겠죠?"

나일강 가에 위치한 아담한 교회에서 만난 이집트인 목사가 나에게 들려준 말이 택시 속에서 계속, 계속 메아리치고 있었다.

투투모스, 모세, 다윗 왕, 남북 왕국, 앗시리아, 바빌론. 그리고 페르샤, 알렉산드리아, 그리스, 로마로 이어진 유태민족의 역사를 나는 어머니로부터 수 십 번 그리고 랍비로부터 수백 번을 들었다. 나일강 가에서 본 교회가 아주 인상적이었다.

"다니엘? 우리 유태민족은 예수가 죽은 후 저주를 받았는지 온 세상으로 다시 흩어지고 말았지. 유럽으로 그리고 중동으로… 중세기 동안 우리 유태민족은 가톨릭에 의해 많은 박해를 받았지. 그뿐인가? 사라센의 등장으로 온 중동과 아프리카 그리고 유럽의 많은 부분이 이슬람이 돼 더 심한 고통을 받았어. 2차대전을 전후해 독일인들에게 받은 우리 유태인들의 고통은 말도 못 해. 아우슈비츠에서 개처럼 죽은 것을 보려무나… 우린 폴랜드에 살다가 일찍이 미국으로 왔기에 그런 변은 모면했지만, 더더욱 실감이 난단 말야…"

어머니가 내게 자주 열을 올리면서 말했으나 한국인의 피를 받아서였는지 쉽게 잊어버렸었다.

람세스 호텔로 돌아오니 저녁 7시—

이제 저녁 해가 거의 지려고 몸부림치고 있었다. 붉은 해가 서쪽 지평선 아래로 사라지려고 용을 쓰고 있었다. 이집트 왕국이 소멸하던 마지막도 이러했을 것 같았다.

순간 나는 황금마스크를 쓰고 누워 있던 투탕카멘이 벌떡 일어나 저녁 해 속에서 나를 향해 큰소리를 치고 있었다.

"다니엘! 너는 태양신인 나를 보았으나 경배하지 않았다. 단지 소년 왕으로 생각했을 뿐… 고고학 논문 따위나 쓰려고? 너는 오만하다. 나는 태양신이다. 이집트의 파라오! 태양신이다. 영원불멸한!"

"아—아— 아닙니다." 나는 신음소리만 낼뿐 뭐라고 변명을 하지 못했다. 그리고 마침내 나는 호텔 바닥에 넙죽 엎드렸다.

"파라오—파라오— 태양신이여… 용서하소서."

제5장

한국인 아버지가 들려준 역사

그날 저녁, 나는 어떻게 침대에 들어가 깊은 잠에 들었는지 모른다.

나는 꿈속에서 온종일 낮에 보았던 '**왕가의 계곡**'을 헤매고 다녔다. 람세스 II세의 무덤과 50여 명의 아들들이 묻힌 가족묘에서 길을 잃고 헤매기도 했다.

테베의 신전에 들렀다가 벼락을 맞을 뻔도 했다.

거마를 몰고 전쟁을 하던 람세스 II세가 나를 향해 단검을 휘두르고 있었다.

"아 ─ 살려주세요!" 나는 그에게 빌고 있었다.

"파라오 ─ 잠시 멈추소서. 다니엘도 우리 히부르 사람이요. 다치지 마소!"

선지자 모세가 파라오에게 큰소리를 치자 그는 단검을 땅에 던져 버렸다.

"쨍!" 소리를 내면서 단검이 두 동강이가 되었다.

"아니! 단검이… 단검이…" 나는 부러진 단검을 주으러 달려갔다.

순간 "왕 왕 왕" 소리가 나면서 새벽 4시, 무슬림의 새벽 기도 시간을 알리는 확성기 소리에 나는 눈이 떠졌다.

"알라! 아알라아––––아–알–라아––––왕왕왕–––."

문명의 나라, 이집트의 태양신 파라오는 어디로 사라지고 '알라는 위대하다'라는 이슬람 사람들의 소리만 요란한가…

3500년 전, 황금 마스크를 쓰고 천하를 호령하던 투탕카멘, 아니 태양신은 어디로 갔나? 어제저녁 서쪽 나일 삼각주로 사라진 그 태양은 다시 솟아오를까?

잊혀진 문명은 다시 찾아올 수 있을까?

나는 아직도 먼동이 트지 않아 어둑어둑한 동편 하늘을 바라보았다. 나일강 가 여기저기에 설치된 가로등이 물줄기의 방향을 알려 주고 있을 뿐이었다. *주.3

"다니엘? 잊혀진 문명을 네가 찾아내야지… 네가!" 내 귀에 아주 익숙한 큰소리가 들린다. 아버지의 목소리였다.

"아니? 아버지? 어떻게 여기에 오셨어요?" 창가에 비치는 환영

(幻影)이 바로 아버지였다.

분명 목소리와 모습은 아버지였는데 그의 얼굴은 잘 알아볼 수가 없었다.

"아버지세요?" 나는 큰 소리로 되물었다.

"…" 이번에는 대답이 없었다.

"아버지가 맞죠? 여기, 이집트에 오셨군요?" 순간 아버지의 환영은 스르르 사라졌다.

"아버지! 아버지!" 나는 환영을 향해 소리쳤다.

나는 환영(幻影)으로 이집트에 찾아왔다 사라진 아버지를 생각해보았다.

'왜 아버지가 여기 이집트로 오셨을까? 왜?'

나의 아버지 **폴 이(Paul Lee)**, 그는 뉴욕 맨하탄 소재, NYU대학병원에서 신경외과 교수로 명성이 드높으나 말이 적은 것이 흠이다.

하고 싶은 말만 할 뿐 싫은 소리에는 반응이 없다. 그러나 남을 돕는 신사이다.

한때는 천재라는 말도 들었으나 술라미 로젠버거(Sulami Rosenberger)라는 미모의 여성과 결혼 하면서 **한국인에서 유태인으로** 되었다. 그 후 그는 아예 바보처럼 조용해졌다고 한다.

그것, 즉 유태인이 되는 것이 아내 술라미 로젠버거와 맺은 결혼 조건이라고 했다.

그래서 아버지는 "나는 50% 유태인, 25% 한국인, 그리고 25% 미국인이 되었다"라고 말한 적이 있었다.

이것으로 인해 그는(아버지), 그의 아버지(내게는 할아버지)와의 관계도 삐걱거렸었다.

"너는 이제 한국 사람이 아녀! 내 족보에서 빠질 것이다"라고 나의 할아버지는 노발대발 했었다.

아버지가 유태인 여성과 결혼하면서 나는 불행하게도 할아버지의 직접적인 사랑을 받지 못하고 한국적인 정서를 모른 채 살아왔다.

한 가지 더 신기한 것은 나의 아버지는 전혀 한국에 대해 아는 것이 없는지 아니면 무관심한지 한국 국적에 관한 얘기를 일절 삼갔다.

'아버지는 바나나이다.' 바나나란 겉모양은 황인종, 동양 사람이지만 속사람은 완전히 백인이라는 말이듯이 아버지는 겉만 한국 사람이지 속은 전혀 아니었다.

그런데 오늘 여기 이집트 나일강가에 아버지가 찾아오셨다. 비록 환영(幻影)이었지만…

"아버지가 찾아 왔었다! 아버지가!"

─**문득 10학년**(한국에서는 고등학교 1학년) **때**, 아버지와 오랫

동안 얘기했던 일이 기억에서 확 떠올랐다.

그날, 아버지가 처음으로 한국에 관한 얘기를 했었는데 내게
는 큰 충격이었다.

"다니엘? 너, 아버지와 같이 뉴욕 박물관에 갈까?"

"뉴욕? 어디 있는데, 아버지?"

"맨하탄에 있어. 같이 가자."

"그래요? 아버지." 나는 아버지와 같이 맨하탄에 있는 뉴욕 박
물관을 찾아가게 됐었다.

뉴욕이란 도시가 어떻게 형성되었는지를 알게 됐었다. 맨하탄
에 살던 인디언들의 유물도 있었다.

솔직히, 별 재미는 없었지만 모처럼 아버지와 같이 햄버거, 샌
드위치를 먹은 것이 더 좋았었다.

그런데 샌드위치를 먹다가 아버지가 내게 뜻밖의 질문을 했다.

"다니엘! 너, 세계 4대 문명지가 어디를 말하는지 아니?" 아버
지는 아주 쉬운 질문을 했다. 어머니와 수도 없이 얘기했기에 너
무나 쉬웠다.

"예, 메소포타미아, 인더스 간지스 인도문명, 이집트 그리고 황
하, 중화문명이지요."

"그래? 한 가지 또 있는데…"

"아—그거야 유대문명이겠지요. 아버지."

"그럴까? 유대문명?"

"물론이죠. 그럼 어디에 또 있나요, 아버지?"

"사실은 잊혀졌던 문명이 요즘 발견되고 있어…"

"그게 어딘데요, 아버지?"

"궁금하냐? 다니엘?"

"예. 알려주세요. 아버지!"

"알았어. **요하(遼河)문명**으로 그중 **홍산문화**가 돋보이지. 중국 라오닝성 조양시와 내몽고의 츠펑시에 흔적이 남아 있지. 물론 지금은 중국 동북부에 속하지만 그때, 약 6000년 전에는 동이족, **조선제후국**이라고 했지. 지금의 요령, 만주, 중국의 발해만 황하 하류 그리고 한반도에 해당되지."

"그래요? 동이족 조선제후국? 처음 듣는 문명인데요. 아버지."

"차차 알게 될 거야. 요하문명은 결국 황하문명과 고조선 그리고 고구려의 문화로 이어졌지… 자! 이젠 슬슬 집으로 가볼까!"

그리고 아버지는 일어서서 나를 데리고 허드슨강 건너 뉴저지로 향했다.

강을 건너면서 아버지는 세계 문명을 계속해서 설명했는데 나는 깜짝 놀랐었다. 아버지가 그토록 유식한지, 뜻밖이었다.

아버지는 장황하게 다음과 같이 일방적으로 설명을 늘어놓으셨다. 물론 나는 듣는 둥 마는 둥 집중하지 않았으나 아버지는 개의치 않고 설명을 했던 것이 기억에 난다.

다음은 아버지가 설명해준 내용이었다.

"다니엘! 잘 들어보거라. 우리 인류가 처음으로 살게 된 곳이 아마도 아프리카라고 생각되나 혹자는 이미 중앙아시아와 동아시아에도 인류가 있었다고 하지.

어쨌든 BC 10만 년, 아프리카에 살고 있던 인류는 해 뜨는 동쪽으로 이주하기 시작했지. 그리고 BC 6만 년, 음식이 풍부한 동남아세아에서 인류가 살았는데, 비로서 인간은 말(言語)을 하기 시작했지. 그리고 BC 5만 년, 한반도, 서해 그리고 요하에서 농사를 짓고 내륙에서는 유목을 시작했는데 추운 겨울을 맞게 됐지. 추위가 문제였어.

그리고 BC 3만 년, 저수지도 파고 제사를 지내면서 고인돌 무덤을 만들기 시작했는데 한반도 주위에 4만 개 그리고 유럽, 영국 등지에 4만 개가 있는 것으로 알고 있어. 뿐만 아니라 프랑스 해변의 라스코 벽화와 영국의 스톤헤지도 대표적인 유물들이란다."

"그러나 아버지? 그때는 글자도 없고 그들이 우리와 같은 호모사피엔스라는 보장도 없잖아요?"

"물론 처음에는 그러했지, 그러나 직립(直立)하고 말을 하면서부터 우리는 호모사피엔스(인류)라고 하지"

"고인돌을 만들고 토기를 사용했겠지요, 아버지?"

"물론이지. 그런데 BC 8000년부터는 사정이 달라졌어, 만주와 요하에서 나오는 석탄을 이용해 **토기와 청동금속을 만들고 요하에 홍산문화**가 나타났다는 거야. 홍산문화 또는 요하문명의 시작이라고 하지."

"청동금속으로 무기를 만들고, 농기구를 만들었군요."

"그렇지, 마치 산업혁명이나 마찬가지야. 그런데 주의해 들어봐. 이때 동북아세아 발해만과 요동 요하지방, 한반도 그리고 만주에 걸쳐 **환제국(桓帝國)**이 이미 국가를 형성하게 됐지."

"지금부터 8000년 전이라구요? 와! 처음 듣습니다. 아버지?"

"그렇겠지. 우리가 학교에서 배운 세계역사 특히 상고사란 4500년 전, 즉, BC 3000－2500년경에 시작된 메소포타미아 문명이 시초라고 배웠었지."

"알아요, 아버지. 세계사 시간에 배웠습니다."

"그래 바로, 그것이 맞아. 그러나 환제국(桓帝國)이 메소포타미아 문명이나 나일 문명보다 무려 2500년이나 앞섰다는 말이지. 그를 이어 **배달제국(倍達帝國)**이 대를 이었지."

"전쟁이 있었나요?"

"좋은 질문이다. 이 당시는 전쟁이 없는 평화로운 시기였어. 왜냐하면 이 당시의 무덤, 즉 고인돌을 파보면 전쟁의 흔적이 전혀 없다는 거지…"

"서로 전쟁을 할 필요가 없었겠지요."

"당연하지, 땅은 넓고 먹을 것도 많고… 그런데 BC 6000년, 요하지역에 동이 훈족(고조선) 국가체제가 설립되고 청동금속 무기와 기마기술이 발달하게 됐지.

BC 5000년, 계단식 피라미드가 발달되고 요하지역에 농민 인구가 증가하더니 이젠 반대로 세계 각국으로 분산해 언어와 문명이 결핍된 민족을 지배하게 되었지.

그 결과 BC 3000-3500년에는 요하지역에 뿌리를 둔 동이족이 서남아세아로 내려가 수메르(Sumer)의 우르, 바빌론 문화를 만들어주었지.

같은 시기에, 황하문명은 황하 중류 내륙에서 BC 3000년경에 삼황오제라는 설화로 시작됐다고 했지. 그 후 요순을 거쳐 하나라가 건국됐고. 하나라, 상나라 그리고 주나라가 동북지역으로 세력을 펼쳐 나가 오늘의 중국이 됐다는 거지. 결국 만리장성 밖은 동이 오랑캐들이 살았고 문화도 없는 야만이었다라고 말했었지. 그런데 고고학자들이 지금의 북경 근처 만리장성 동쪽에서 요하문명의 유물을 발굴했는데 알고 보니 황하문명보다 1-2000년 앞선 토기와 청동유물 그리고 철기유물이 발굴된 거지. 황하문명보다 무려 1-2000년 전에 철기문화가 시작된 거지. 게다가 갑골문자의 전신도 발견 됐던거야. 그걸 홍산문화(洪疝文化)라고 하지. 결국 중국학자들이 깜짝 놀란 거지. 자존심도 상하고…"

"그래서 역사를 왜곡하기 시작했군요."

"맞아! 동북공정(東北工程)이라고 하는 역사 왜곡이지. 아주 심각해."

"심각하다니요?"

"우리 한국민족을 아예 중국민족에 포함하려고 하는 구먼…"

"중국이란 나라가 역사의식도 양심도 없군요…" *주.4

"어쨌든, 요하사람들은 약 5000년 전에 인류가 처음으로 살기 시작됐던 아프리카와 나일강으로 되돌아가 이주하게 됐지."

"나일강으로 도로 내려갔다고요? 말도 안 돼!"

"그렇게 들리겠지. 다니엘! 아무래도 문명은 추운 곳, 사계절이 있는 곳에서 발생하지. 그래서 배운 문명을 가지고 다시 흩어진 거지. 많은 무리가 나일강에 다시 이르러 이집트 국가를 설립하고 300년 후, 즉 BC 2700년경에 이집트에 고부와 임호텝이 정방형 피라미드를 짓게 되었지."

"피라미드를?"

"그렇지 피라미드를. 왜냐하면 요하에서 고인돌과 적석총을 보았기 때문에 이집트에서는 돌이 흔하기에 피라미드를 만든 거지. 게다가 청동기 문화까지…"

"결국 이집트문명은 요하문명에서 배워왔다는 말이군요."

"그렇지. 우리가 한국 사람이기에 한 가지 중요한 것은, 요하 고조선 제국의 단군성검이 통치할 때 요와 순은 단군에게 찾아와 문명을 배워갔지. 특히 9년의 홍수를 통해 강을 다스리는 법을 단군성검에게 배웠어. 그 결과 우왕은 하(夏)나라를 건설하게 되지. BC 2070년, 하나라(Hsia)는 동이훈족(고조선)으로부터 기술을 배워 손수레, 달구지, 금속무기를 만들더니 오히려 가르쳐 준 요하문명의 고조선과 영토분쟁을 하게 됐어. 배워간 놈이 이젠 배워준 사람을 괴롭히는 거여. 그리고 반대로 그들이 고조선에게 가르쳐 줬다고 우기는 거지.

BC 1300년경, 태양신종교, 철기문화 그리고 거마가 이집트에 알려졌지. 그게 아마도 18왕조 **아케나텐**왕일 거야. 중화민족은 중국 내륙에서 동북쪽으로 이주하면서 양자강과 황하지역을 넘보게 됐지. 결국 본격적으로 동이족과 중화족의 영토분쟁 싸움을 하게 됐어.

하·상은 동이족의 피를 받았으나, 주나라는 본격적인 중화민족이기에 고조선제국과 끊임없는 전쟁을 하였었지.

아이러니하게도 동이 훈족 출신인 진시황은 중국 천하를 통일하고 그 후 수·한·당으로 이어지면서 고조선을 이은 고구려와 대치하게 됐지. 결국 고구려는 당나라에게 멸망당하게 됐어."

"결국 고구려가 망하면서 한민족은 광활한 영토를 잃어버리고 말았군요."

"그때 잃어버린 영토를 그 후 수복하지 못하고 지금에 이른 거지. 겨우 남은 것이 한반도여."

"유태인도 비슷한데, 아버지."

"사실 유태민족은 유목민과 부족으로 떠다녔지. 국가다운 국가를 가진 것은 사울왕-다윗-솔로몬으로 이어지는 7~80년뿐이었지. 그리고 2500년을 떠돌아다니다가 결국 2차대전 후에 돌아왔어. 그러니 대단한 민족이라고 해야겠지.

그리고 AD 1100년 동이족인 몽골의 징기스칸은 유럽을 정복하고 유라시아 대제국을 건설하게 됐지."

"몽골족도?"

"사실 몽골족, 훈족도 다 환제국(동이한족)의 한 부족이었어."

"와! 환─, 요하, 고조선으로 이어지는 요하문명은 정말 대단했었군요…"

"자, 이쯤 되면 요하문명이 황하문명, 메소포타미아 그리고 이집트문명에 영향을 준 것을 알게 됐을 거야. 다니엘?"

"와! 아버지, 근데 그게 사실일까요? **요하고조선제국문명**이 훨씬 전에 있었다고요?"

"그러니까, 앞으로는 4대 문명 전에 있었던 요하, 홍산문화를 꼭 기억하거라. 흥미 있으면 고고학, 아니 인류고고학을 전공해도 좋지. 아버지가 도와 줄테니…"

"아버지가?"

"그래, 믿기지 않니?"

"고고학을요?"

"너는 아버지 말을 아직도 못 믿는구나…"

나는 그때 와싱톤 다리를 건너면서 되물었던 기억이 새로웠다.

뉴욕과 뉴저지주를 이어주는 와싱톤 다리위에서 고고학과에 입학하겠다고 아버지에게 약속했었다.

"아버지? 잠시 허드슨 강가에 쉬었다 가죠."

"허드슨 강가에? 그럴까, 자. 저 아래 전망대가 있네. 저기서 보면 자유의 여신상도 멀리 보이고."

아버지는 차를 몰고 다리 아래 강변에 있는 전망대, 휴게소로 갔다.

"샌드위치 하나 더 할까, 다니엘?"

"아뇨, 아이스크림으로 아버지."

우리 부자는 모처럼 아이스크림을 먹으며 즐거운 휴식 시간을 가졌다.

허드슨강에서 올려본 뉴욕은 마치 거대한 공룡이 숨을 몰아쉬고 있는 듯했다.

아니 독수리 깃털을 머리에 꽂은 맨하탄 인디언들의 함성이 허드슨 강물에 부딪치는 듯했다.

나는 그 후 약속대로 하버드대학 인류고고학과에 입학했다. 그렇지만 나는 아버지가 한 말을 반신반의했었다.

"설마? 무슨? 동이족, 요하문명, 홍산문화… 그게 어디 있기나 있나?"

나는 요하, 홍산문화를 얕잡아 보고 있었으며 의도적으로 기억하지 않았다.

생각해보니 대학원에 입학하고 그해 추운 겨울, 잠시 북경에 가는 길에 시간을 내 북경박물관과 요하지방의 선양 박물관에 간 일이 있었다.

무척 추워 자세히 보기도 힘들었는데 그래도 한 가지 선양박물관에서 본 녹슨 단검과 거마(車馬)가 여기 이집트 중앙 박물관에서도 볼 수 있는 것이 아주 큰 성과였다.

'녹슨 단검과 거마…'

나의 가슴은 벅찬 감격으로 둥둥거리기 시작했다.

'분명 아버지는 요하문명이 황하문명보다 1~2000년 먼저요, 그리고 이집트, 메소포타미아보다 먼저 있었다고… 했는데… 그럴까? 그럴까?

동이족이라고 했는데, 동이족인 고조선, 진시황 ,수양제, 원나라, 징기스칸, 청나라, 고구려… 이들이 중국의 중원을 다스렸다고 했는데, 정치적, 군사적으로는 중원을 다스렸지만 결국 문명과 문화의 열세로 인해 중화문명에 흡수당하고 말았다. 그렇다면 문화의 힘이 정치의 힘보다 더 강하구나. 그토록 강했던 원나라, 청나라 사람들은 결국 중국 사람이 되고 말았다. 엄연한 사실이었구나!'

나는 아버지가 했던 말이 사실일지도 모른다고 생각하며 여기

람세스 호텔에서 고민을 하고 있었다.

'중국은 없다. 단지 동이족만 있다. 중국을 다스린 왕조는 거의 다 동이족이었다. 진시황도 동이족이었다.'(주: 진시황, 수양제, 원, 금, 요, 청나라 모두 동이족이었으나 중화족에 흡수 됐다.)

아버지를 생각하며, 그가 내게 들려줬던 역사 강의를 추억하다 보니 갑자기 갈증이 나며 가슴이 훅훅 답답하다.

나는 호텔 3층, 빠(Bar)로 내려가 붉은 와인을 한잔 쭉 마셨다. 그리고 백포도주도 한잔 마시자 얼굴이 화끈화끈 열이 솟구치는 듯했다.

마음에 안정이 온다. 그리고 조금은 취한 듯 몽롱하다.

나는 침대로 가 벌렁 누워 잠을 청했다.

"아―우선 한 잠 자자!"

투탕카멘의 녹슨 단검

제6장

아틀란티스를 찾아라!
(Atlantis: 세계문명의 어머니)

잠이 스르르 드는지, 정신이 몽롱해 진다. 붉은 포도주와 백포도주가 그 위력을 발휘하는 듯하다. 순간 나는 내 손을 힘없이 푹 떨어뜨리고 말았다. 꿈의 세계에 마치 최면술을 받은 듯이… 꿈이란 현재를 떠나 과거를 연결해 주는 신비함이 있다고 나는 느꼈었다.

웬일인가? 아버지는 계속해서 내게 요하문명에 대한 강의를 하고 있었다.

평소에는 아무것도 모른다고 은근히 멸시했던 꿈속에서 본 아버지의 모습은 완전히 달라보였다. 정력적인 학자요, 연설가였다.

오로지 신경외과 수술이나 해 온 아버지가 이토록 박식하고 큰 꿈을 꾸는 열정적인 사나이라는 것을 오늘 확실히 알게 됐다.

아버지는 나에게 아주 강력하게 질문을 하였다.

"다니엘! 너는 플라톤이 찾았던 문명의 어머니, 아틀란티스를 아는가?"

"예, 조금. 아버지."

"곧 다 알게 될 거다. 다니엘!" 아버지는 천연스레 대답하였다.

그리스의 철학자 플라톤이 말해온 모든 문화의 어머니가 되는 이상의 세계, 아틀란티스(Atlantis)를 이미 알고 있었다고 생각하니 아버지가 갑자기 거인(巨人)처럼 붕 떠오른다.

"다니엘? 너는 아직도 내가 말한 것을 제대로 이해 못 하고 있어! 요하문명이 세계 어느 문명보다 앞설 뿐만 아니라 요하문명에서 흩어져 나간 사람들이 세계 4대문명도 만들었다는 것을…"

"아버지! 아버지 말씀은 충격입니다. 내가 학교에서 배운 이집트나 메소포타미아 문명도 사실 알고 보면 문명이라기보다 잠깐 나타난 종교, 미신 그리고 건축의 한순간이었지, 지금 세계를 지배하는 서양문명, 특히 서양문명의 틀이 되는 것은 역시 그리스와 로마 문명이라고 배웠습니다. 그리고 나도 그렇게 알고 있습니다."

"그게, 아마도 네가 10학년 때 알았던 지식이었어. 그러나 지금, 너는 하버드대학 인류고고학과에서 세계 첨단의 고고학을 배우고 연구하는데… 아직도 그런 마음으로 아니 편견으로 공부하다니. 아버지가 그래서 너를 여기 이집트로 데리고 온 거여. 그리고 나도 찾아온 거여. 알겠니?"

"와! 아버지. 고맙습니다. 그렇다면 요하문명은 결국 농사를 짓고 인구가 가장 많은 곳이었군요. 석기문화가 청동기로 그리고 철기문화로 바뀌고…"

"그렇지, 요하와 한반도의 고분을 보면 흙산(Mound), 고인돌, 고분내부를 전실과 후실로 나눠 전실은 생시의 모습을 후실은 사후의 모습으로, 벽에 벽화를 그리고 평소에 사용했던 수레, 단검, 거마를 보관했지. 더 재미있는 것은 인간과 아주 친한 소, 개, 닭을 같이 보존했지. 농경문화의 특징이지.

이 문화를 보면 요하의 문명은 고조선, 고구려, 신라, 백제를 거쳐 일본으로 흘러갔음을 알게 돼.

또한 요하문명은 중원으로 나가 황하문명을 만들고 훈족을 통해 비단길을 개척해 유럽으로 가 오늘날의 유럽을 만든 기초가 된 거지."

"아버지! 비단길이라면, 그 유명한 Silk Road(비단길)를 말하는 거죠?"

"물론이지. 중국인들은, 비단길을 중국 한나라 때 만들었다고 말하지만, 천만의 말씀, 사실은 이미 요하고조선 때부터 있었던 거지. **배달 고조선** 때, 요하족은 남쪽은 물론 서쪽, 그리고 동쪽으로 이동했지. 서쪽으로 비단길을 따라 움직인 동이족은 메소포타미아에 이르러 **수메르**(Sumer)족이라 불리었으며 이들이 메소포타미아 문명을 이루게 된 거지.

다니엘? 놀라지 마라! 수메르 사람들이 나와 같은 **한족(고조선 동이족)**이라는 증명이 약 17가지나 돼."

"아버지? 17가지나? 아니 지금의 중동 사람들이."

"중동 사람들 전에 이미 수메르가 있었지. 그리스의 오딧세이 보다 2500년 전에 수메르 사람들이 쓴 세계 최초의 서사시, 길가메쉬(Gilgamesh)를 알지?"

"그래요? 듣긴 했는데. 하무라비 법전도…"

"맞아 바로 그때였어. 다니엘? 중국 사람들은 한나라 사기를 쓴 사마천의 글을 읽고 비단길이 그들에 의해 만들어졌다고 하지만 알다시피, 훨씬 전이었어. 알고 보면 비단길도 당나라에 의해 멸망 당한 고구려의 장군, 고선지에 의해 티벳과 중앙아시아가 뚫렸었지. 지금의 키르키스탄, 타지키스탄을 지나 그리스와 로마로 가는 길은 요하고조선제국에 의해 이미 길이 열렸던 거지…"

"와! 아버지! 언제 그런 것을 아셨어요?" 다니엘은 아버지가 옛날의 아버지가 아니라고 느끼고 있었다.

"다니엘? **훈족**은 BC 3세기 전에 이미 유럽대륙을 휩쓸기도 했지."

"훈족이라면?"

"훈족이란 쉽게 몽골인이라고 알면 되지. 몽골인은 원래 **고조 선제후국** 제4대 황제(단군황제)때 북쪽으로 이주해간 유목민족을 말하지. 이들은 지금의 만리장성과 중국북쪽에서 살았지. 다시 말하면 **고조선제국 번한**에 속했지. 소위 말하는 중화문명은 그 때 겨우 싹을 내기 시작했었지. 신농씨(염제)는 훈족이었어."

다니엘? 사실 요하고조선제국은 온통 몽골사람들의 조상이었지. 등잔 밑이 어둡다고, 다니엘 너는 멕시코의 아즈텍, 과테말라의 마야 문명, 그리고 남아메리카의 잉카문명도 알고 보면 요하고조선제국에서 보낸 동이족이었지. 그들은 분명 몽골사람처럼 생겼고, 그리고 그들이 만들어 놓은 피라미드를 보라고."

"알아요. 유카탄(Yucatan)의 치첸이샤(Chichen Itza), 과테말라의 티칼(Tical)에서 본 피라미드… 아! 그러고 보니 이집트의 피라미드와 같네요. 아버지!"

"등잔 밑이 어둡다고 우리가 사는 미국 땅, 다코타(Dakota)에 가보렴. 수(Souix)인디언들을 보라고…"

"중국 사람이라고 들었는데요, 아버지."

"중국의 진시왕이 보낸 후손이라고 하지만 알고 보면 훨씬 전 빙하로 연결된 알라스카 태평양을 넘어 온 무리라고 하지… 몽고반점(蒙古斑點)이 엉덩이에 있는 것으로 봐 역시 몽골족, 아니 요하고조선제국에서 보낸 사람들이지…"

"아버지? 중국인들도 몽고반점이 있나요?"

"아니지. 알타이족, 몽고족 즉 요하족에게만 있지. 중국인에 겐 없어."

"남미의 잉카족들도?"

"역사적으로, 생물학적으로 보면 그게 옳은 말이지…"

"아버지! 와 아버지, 대단하시네요. 뇌를 가르고 척추를 수술하는 신경외과 전문의사가 어떻게 세계역사를 아시죠?"

"그러니까, 다니엘, 너의 아버지이지…"

"그러고 보니, 아버지! 메소포타미아, 이집트를 이해할 것 같네요."

"다행이다. 인류가 시작됐던 이집트나 아프리카에 다시 요하문명이 전달돼 피라미드, 고분, 투탕카멘과 같은 이집트 역사가 3500년 전에 찬란하게 꽃 피웠지. 그러나 놀랍게도 이런 이집트문명은 잠시였을 뿐, 어느 순간부터 완전히 문명은 끊기고 말았어. 갑작스레 받아들인 문명은 이내 끊기고 말았기에 오늘날 이집트와 아프리카는 이 모양이 된 거지."

"와, 아버지. 그럼, 그리스의 문명, 특히 플라톤이 찾으려는 그 상상과 가상의 나라, 아틀란티스란 바로 요하문명과 한반도군요. 그런가요. 아버지?"

"그렇다니까, 다니엘!"

"그럼 아버지 내가 이 사실을 석사 논문으로 써 발표한다면 큰 반응을 불러오겠지요?"

"그렇겠지. 당연하지. 오만한 유럽과 백인 우월주의 학자들은 아니라고 난리를 피우겠지… 그뿐인가, 더 심한 것은 중국학자들이겠지. 동북공정이란 이름으로 이자들은 요하문명을 감추고 만주의 고분과 벽화를 숨기고 이제는 황하문명조차도 발표하기를 꺼리니까?"

"왜 그러죠?"

"당연하지 중국 사람들은 황하문명이 모든 역사의 시작이라고 큰소리를 쳤어. 심지어 한자도 자기들이 만들었다고 큰소리를 쳤는데 알고 보니 그들이 멸시하던 동이족(東夷族)이 한자(갑골문자의 전신)를 먼저 만든 것을 알게 됐으니까. 큰소리쳐 온 것이 쪽 팔린 거지. 한나라 때, 사마천이란 자가 사기(史記)에 이 사실을 솔직하게 올려놨으니 말여."

"아버지? 그게 무슨 말인지 조금 더 알려주세요?"

"원래 중국이란 중화(中華)라고 하지. 일종의 민족적 쇼비니즘이라고 보면 돼. 그런데 이들은 중국내륙에서 살았던 민족이지. 그러니까 약 3798년 전, 요동, 만주, 한반도 그리고 중국의 해안가, 다시 말하면 농경지에는 이미 배달국(동이족)이 존재하고 있었지. 그 배달국의 14대 왕을 '치우천황'이라 부르는데 이분이 바로 우리 한민족의 시조가 돼. 그런데 이분, 치우천황은 워낙 출중해서 금속 무기를 만들고 지략이 뛰어나 당시의 중화 조상이라고 부르던 '**황제**'를 굴복시킨 분이지. 그래서 중국인들은 **치우천황**을 도깨비라고 불렀어. 공포의 대상이란 말여. 그리고 중국의 역사책에는 황제가 치우를 토벌해 죽였다고 반대로 기술했지. 완전히 역사를 날조한 거였어.

그로부터, 400년 후 배달고조선제국을 이어 받아 왕이 된 분이 단군왕검이여. 단군조선의 초대 왕이지. 그는 고조선을 셋으로 나누어 통치했어. **진한, 번한** 그리고 **마한**으로. 중심이 되는 **진한국은 대단군(大檀君)**이 스스로 다스리고 **번한과 마한**은 **부단군(副檀君)**이 통치를 했지. 그 후 **송화강 아사달(1대 고조선)**에서 **장춘** 아사달(2대 고조선)로 그리고 **장단경 아사달(3대 고조선)**로 수도를 옮겨 다스려 왔지. 고조선이 BC 2세기경에 위만에게 망하자 대부여가 고조선을 이었고 주몽(대부여 4대 왕)이 고구려로 이름을 바꿨지."

"아버지? 일본도 그렇잖아요. 그들은 AD 4.5세기 때부터 백제 신라, 고구려를 통해 문명을 배웠고 일본의 왕족이란 버젓이 백제의 후손이라고 스스로 말하면서도 역사를 왜곡하고 있지요…"

"그렇지. 그러기에 너는 보통의 고고인류학자가 되면 안 돼. 모든 것을 직시하고 고증하고 따져보는 예리한 고고학자가 되어야 해. 그래서 역사를 바로 잡아야 한다. 이게 나의 소원이다. 아들아!"

"와! 아버지…"

"그러기에 너는 하버드대学에 입학한 거여. 하바드란 세계최고의 지성을 갖고 연구하고… 그런데 어느 때 보면 하바드도 인종적인 편견을 갖고 있어.

오늘날의 중국 문명과 일본 문명의 상고사는 많은 왜곡 투성이인데 하바드의 지성들도 그걸 인정 한단 말여. 중국, 즉 중화인들은 처음에는 그들의 조상, 황제(치우천황에게 패하고 배웠던 왕)가 치우를 멸하여 죽였다고 하며 그(황제)만이 조상이라고 했지. 결국 1 조상(一祖上)이라고 했는데, 근자에는 소위 동북공정을 통해 소수민족까지 다 중화인이라고 하면서, 이젠 중국인의 시조가 황제, 염제(신농씨)그리고 치우라고 하는 **3조상(三祖上)**으로 모시네. 염제, 치우가 중화의 조상이 되고 보니 자연스레 동이족들도 다 중국인이 되는 거여. 한반도는 물론 한국인도 중국인이라는 거여. 다니엘? 이게 말이 되니? 동북아에 있는 사람은 모조리 중국인이라는 셈이여. 그러니 얼마나 역사가 왜곡이 됐느냐?"

"잘 보셨습니다. 아버지… 유태인도 그래요…"

"그러기에 너는 유태인과 한국인의 피가 50%씩 섞인 거여. 그러기에 너는 모든 조건을 가진 고고학자가 될 수 있어… 한국인과 유태인을 다 도와줄 수 있는 거여. 그런데 너 나와 한가지 약속을 하자!"

"무슨 약속을,아버지?"

"오늘 나와 얘기한 이 내용을 네 어미에게는 말하지 말라! 네 어머니는 유태 제일주의이니라. 그리고 너는 명심하거라. 비록 네 몸에 유태인의 피가 50% 섞였다고 하나, 너는 우리 배달, 단군의 후손, 한민족임을…"

"알겠습니다. 참, 놀랍습니다. 한국이 요하문명의 주인공이요 축이라고 하니…"

"그렇다. 바로 그거야. 너는 과감하게 배달－요하－고조선제국, 즉 번한 진한과 마한 그리고 한반도로 이어지는 요하문명을 유명한 하버드대학을 통해 천하에 알려야 한다. 이젠, 21세기. 한국은 아주 비참하게도, 작고 힘이 없는 소수민족으로 전락했어.

한반도, 다시 말하면 과거에 마한이란 요하고조선제국도 남(south Korea)과 북(north), 반쪽으로 나뉘어 있고, 북쪽은 거의 중국에게 먹히고 있는 중이며, 그나마 남쪽은 남남갈등으로 코피 나도록 다투고 있어.

한민족의 역사는 잊혀지고 사상은 산산이 갈라지고 이젠 스스로도 추리지 못하고 비실비실 흔들리고 있어.

그래도 요하문명은 세계 문명의 시초요 중심이었어. 플라톤이 찾아보려는 아틀란티스란다. 알겠느냐? 네 논문은 사실 이것으로 끝이야! 더 이상 왈가불가할 이유가 없지. 명심하거라! 알겠느냐?" 아버지는 긴 설명을 마쳤다.

"예. 아버지!" 나는 큰 소리로 대답했었다.

"아.틀.란.티.스(ATLANTIS)!"

나는 플라톤을 향해 말했다.

"플라톤 선생님, 아틀란티스를 찾았습니다. 바로 요하-고조 선제국이란 곳입니다."

"알겠다. 그러나 네가 증명을 해주어야 내가 믿지…"

"증명이요? 이미 된거 아닙니까?"

"아냐, 아직 그것으로는 미흡해. 서양학자들은 홍! 소리나 내고, 중국학자들은 웃기네! 라고 말해."

"그럼 어찌하기를 원하십니까?"

"본인들이 증명해 주어야지…"

"본인들이? 그러면 이집트, 중국, 한국사람들이 증명해 준다면 플라톤님도 인정하시겠소?"

"하. 하. 하. 바보!" 플라톤은 껄껄 웃는다.

"이것 보소, 왜 웃소!"

나는 큰소리를 쳤다. 순간 눈이 확 떠지면서 호텔 창문 밖으로 큰 섬광이 보였다.

아- 꿈이었다. 꿈.

이집트에 온 후 나는 많은 꿈을 꾸었다. 그런데 아버지가 꿈 속에 한 말이 어떻게 이다지도 선명하게 그리고 뚜렷하게 기억에 남는다니…

'와! 아버지, 대단하십니다!'

가만히 생각해보니 원래 유태인의 조상 요셉은 이집트로 종이 돼 내려왔지만 유달리 꿈이 많았고 또한 해몽을 잘해 이집트의 훌륭한 총리가 되었다. 그렇다면 나도 50%는 유태인이니까, 꿈도 많겠지. 그리고 요셉처럼 꿈의 해몽도 잘하겠지.

나는 암흑 속에서 스스로 만족해 배시시 웃음을 지었다.

"증명을 해야지! 증명(證明)을! 다니엘!"

배시시 웃고 있는 나를 향해 그리스의 철학자, 플라톤이 큰소리로 말하면서 "하하하, 허허허"라고 웃으면서 사라졌다.

결국, 그날, 나는 밤새 잠들지 못했다. 흥분이 되고 또한 걱정이 됐기 때문이었다.

한반도가 요하고조선제국문명의 한 부분이었다고 말한 아버지의 말을 어떻게 증명할 수 있을까…'

불가능하다고 생각했다.

지금까지 배운 한국이란 일본의 식민지로 그리고 해방 후 분단돼 6.25라는 전쟁을 겪고 북에는 공산주의 정권, 남쪽에는 민주주의 정권이 아직도 대치하고 있는데…

그리고 보니 나는 한국(south Korea)에 아주 어려서 한번 갔기 때문에 전혀 기억에 남는 것이 없다.

어쩌다가 IT산업이 발달해 삼성, LG 현대와 같은 회사가 있다는 것과 근자에 핵폭탄과 미사일을 만드는 젊은 북한 독재자가 있다는 정도였다.

"한국이 이스라엘을 따라오려면 아직 멀었어…"라고 어머니는 한국의 능력을 평가 절하하곤 했었다.

"그래도 한국은 너의 모국이고, 아주 잘사는 나라가 됐어…" 언젠가 아버지가 내게 한말이 떠오른다.

그렇다면, 이집트, 중동, 일본 심지어 중국도 요하에서 문명을 배웠었다고 하니 그곳, 즉 요하를 찾아가 확인하고 증명한다는 것은 많은 시간과 노력이 필요하다.

유감스럽게도 현재 요하는 중국의 일부가 돼 있으며 이락과 같은 사막에 가서 요하문명의 영향을 확인, 증명한다는 것은 더 힘들다.

나는 꿈속에서 아버지로부터 받은 요하문명과 플라톤이 내게 던져준 "증명"이라는 숙제가 너무나 벅차고 불가능하다고 생각하니 힘이 쭉 빠졌다.

'아ー, 될 대로 돼라…' 나는 침대에 벌떡 누워 다시 한번 잠을 재촉했다.

제7장

플라톤에게 증명을 하려면…

아침 늦게 잠에서 깨어났다. 어젯밤을 생각하면 마치 5000년의 세월을 하룻밤에 다 보낸 듯했다.

투탕카멘(BC 1300)이 죽은 후의 이집트와 유대의 역사를 년도별로 비교해 보면 유대(가나안)는 다윗 왕(BC1000)과 솔로몬 왕이 통치하고 있었다. 그리고 500년 후 유대는 앗시리아, 바빌론 그리고 페르샤에 의해 멸망을 당한다. 바로 이때, BC 450년경, 아테네의 철학자 플라톤은 이상형의 문명을 꿈꾸었다. 그 후에 알렉산더에 의해 헬레니즘으로 번성하게 된다. 알렉산더가 죽은 후 제국은 4개의 국가로 분열되었다가 그 후 로마로 그리고 예수님의 시대로 이어진다는 것이 유럽 사람들이 알고 나도 아는 세계 역사의 흐름이다. 그리고 로마에 의해 이집트 왕조도 마지막 클레오파트라의 죽음으로 문을 닫고 말지 않았던가…

마음을 바꿔 조금 늦게 허겁지겁 신청해 나는 **알렉산드리아**시를 방문하게 돼 가까스로 관광버스에 올랐다.

알렉산드리아로 가면서 나는 갑자기 성경, 다니엘 11장(Daniel 11.)을 기억에서 떠올렸다.

다니엘은 꿈을 꾸는 사나이요, 예언을 하는 지식인이었는데 그는 참으로 신비하고 정확한 예언을 하였다. 역시 탁월한 대 선지자, 다니엘이었다.

그가 예언한 대로 알렉산더가 나타나 세계를 통일하였다. 그리고 헬레니즘 문화를 일으켰으나 인도 정벌 때 말라리아로 말미암아 요절하고 만다. 방대한 제국은 4개의 나라로 분리된다. 그중 셀류쿠스와 프톨레미 왕조는 참으로 묘한 톱니바퀴처럼 물고 물리었다. 셀류쿠스는 이스라엘의 북쪽 시리아를, 푸톨레미는 이스라엘 남쪽 이집트를 지배했다.

셀류쿠스 4세의 딸이 프톨레미 5세에게 정략 결혼을 하게 돼 시리아에서 이집트로 시집갔다. 그녀가 바로 세기의 미녀 클레오파트라인데 남편의 나라 이집트에서 파라오(왕)가 되어 통치하다 전쟁에서 패하고 인생을 마친다.

클레오파트라 여왕!

세기의 애정이었다. 셀류쿠스의 딸이 이집트로 시집와 마지막 왕이 된 것도 신기하지만 그녀는 이집트의 마지막 운명을 막기 위해 로마의 시저, 그리고 안토니우스를 택한다.

다니엘의 예언대로 클레오파트라는 독사에 물리는 자살로 이집트의 왕조의 끝을 보았다. 그러나 그녀가 죽고 이집트가 망하자, 이집트를 사랑한 파라오들은 슬피 울었다. 그녀보다 1300년 전에 살았던 투탕카멘과 그의 증조할아버지 할아버지, 아버지 파라오는 그녀가 마지막 파라오로 죽자 무덤에서 나와 슬피 울며 하늘을 떠다니고 있었으리라.

"클레오파트라여! 이집트는 영원한 태양신의 보호를 받는다." 라고 외치며…

예정을 바꿔, **알렉산드리아의 중앙도서관**을 방문했다. 반드시 와 보고 싶은 곳이었다.

알렉산드리아 앞바다에 수장됐을지 모르는 세기의 연인들, 로마의 장군, 안토니오와 클레오파트라 여왕을 만날 것 같았다.

그러나 결과는 그게 아니었다. 엉뚱한 사람들을 만났다.

'카이로 박물관, 거마에 앉아 있었던 투탕카멘의 증조할아버지 (아멘호텝)와 아버지(아케나텐)를 만나게 될 줄이야…

어찌 보면 하늘이 내려준 운명적인 만남이었는데 큰 사연이 발생했기 때문이었다.

나는 일단 관광을 포기하고 도서관에 들어가 이집트문명이 요하문명의 영향을 받았다는 증명을 해줄 역사 문서를 찾기 시작했었다.

요하문명. 이집트문명. 피라미드. 스핑크스. 거마… 닥치는 대로 책을 보고 사진을 보았다.

그러나 증명이 될 만큼 연관꺼리가없어 키가 작고 가무잡잡한 남자 사서(Librarian)에게 특별히 부탁을 했다.

"요하문명이 이집트문명을 만들어주었다는 역사적 사실을 찾고 있는데 혹시 찾을 수 있을까요?"

"글쎄요, 요하문명? 처음 들어 보는 문명인데요?" 남자 사서는 오히려 내게 반문했다.

"그럼, 고인돌에 대해선 어떻습니까?"

"아! 그거야, 들어본 적이 있지요. 영국의 스톤헤지, 고인돌 그리고 거마… 그런데 황하문명과 다소 인연이 있다고는 들었습니다마는… 그런데 그게 사실일까요?"라고 다소 진전된, 그러나 엉뚱한 대답을 하였다. 사서가 그 모양이니 당연히 그런 것을 뒷받침해줄 만한 책은 찾질 못했다.

우연히, 플라톤이 쓴 책을 찾았다.

"아틀란티스는 지중해나 대서양에 잠들고 있을 것이다!"라는 그의 주장에 나는 아무런 대답을 할 수가 없었다.

"아틀란티스는 아마도 동아시아에 있을지도 모른다. 그런데 나는 모른다. 증명을 못 하겠다"라고 한탄 했다.

순간 머리가 띵했다. 모든 것이 귀찮았다. 나는 도서관 책상에 머리를 박아버렸다. 핑 돌며 머리가 아팠기 때문이었다.

비몽사몽(非夢似夢. 꿈인지 생시인지 어렴풋한 상태)…
누군가 나를 부른다. 누굴까? 나는 나를 부르는 쪽을 향해 달려갔다.

아뿔싸! 등에 괴나리봇짐을 지고 걸어가는 수염이 길게 난 60대 초반의 할아버지와 근육이 발달하고 피부가 검붉은 19세가량 되는 청년이 나를 부르고 있었다. 가만히 바라다보니 얼마 전, 카이로 중앙박물관에서 보았던 얼굴들이었다.

그럼에도 불구하고 아직 나는 그들이 누구인지 확신하지 못하고 수선스럽게 움직였다.

"이것 봐! 다니엘! 무엇을 그렇게 찾고 있나?" 수염이 긴 할아버지가 내게 말했다.

"아, 할아버지! 나는 요하문명과 이집트문명의 연관을 증명하는 증거물을 찾고 있습니다마는…"

"그렇겠지. 쉽지 않을 걸세. 우리 이집트를 멸망시킨 로마와 유럽 사람들이 우리의 역사를 폄하하고 엉뚱하게 만들어 놓았으니, 당연하지."

"예? 그럼 할아버지는 알고 계시나요?"

나는 할아버지에게 가르쳐 달라고 매달렸다.

"알고말고…다니엘!"

"그럼 절 도와주세요. 어떻게 증명을 해야 할지…"

"도와 달라구? 날더러…"

"부탁입니다. 할아버지는 그렇게 하실 것 같아요."

"그래? 나를 어찌 알고 그렇게 믿는가?"

"예감이 듭니다. 그렇게 하실 것 같아서요…"

"알았네. 너를 위해 다시 한번 이렇게 괴나리봇짐을 등에 지고 멀리 요하와 한반도를 다녀오려고 한다네… 아니, 그러고 보니 오늘날로 치면 어느새 3,350년 전이구먼. 내가 요하를 찾아 갔던 그 모험을 다시 한번 자네에게 재현해서 보여 주려네. 그러면 그때 무슨 일이 있었는지를 똑똑히 알 수 있을 거야! 그뿐인가, 훌륭한 증명이 되겠지."

"요하로 갔었다? 그리고 한반도로… 다시 한번 보여 주시겠다?"

"그럴세. BC 1350년 경, 요하에 가서 그곳 문명을 친히 보고 배워왔었지. 우리의 찬란했던 고대 이집트문명은 인류 최초의 요하문명에서 배웠다는 사실을 다니엘 자네와 플라톤에게 보여주고, 그리고 역사적으로 증명해 보이려고 하네…"

"정말로, 어떻게요?"

"다시 재현하겠다고 했잖아. 다니엘 네가 찾고 있는 '아틀란티스'가 바로 요하문명이요, 발해만과 한반도에 있었음을 보여주고 증명해 주겠다는 거지."

"고맙습니다. 그런데 할아버지는 누구십니까?"

"내가 누구냐고? 음ㅡ, 나는, 카이로 중앙박물관에서 네가 본 투탕카멘의 증조할애비가 되고 여기 이 청년은 아범이 된다네…"

"그럼 두 분은 파라오로군요. 왕이시군요…"

"그렇겠지, 나는 파라오, 아멘호텝(Amenhotep), 여기 이 사나이는 파라오, 아케나텐(Akhenaten)일세…"

"아! 파라오!" 나는 그들 앞에 무릎을 꿇었다. 그리고 머리를 숙였다.

제8장

긴 여행길 – 요하로 가는 길

60이 조금 지났으나 근육이 떡 벌어지고 수염이 길게 난 **할아버지, 아멘호텝**과 울퉁불퉁 근육 덩어리가 꿈틀대며 까만 눈이 빛나며, 갈색 머리칼이 휘날리는 **18세 청년 아케나텐**은 괴나리봇짐을 등에 지고 이집트를 출발해 해안가를 따라 올라간다. 산동반도를 지나고 또 발해만을 지나, 요하강이 보이는 꽤 높은 산등성이에 도달한 것은 초가을 어느 오후였다.

멀리 초가집들이 옹기종기 보이며 중앙에 꽤 큰 나무로 지은 집들이 독수리 날개처럼 웅장하다.

그리고 그 주위로 칼을 차고 분주히 돌아다니는 젊은 군사들이 보이는 것으로 보아 군부대임에 틀림이 없었다. 가만히 보니 지금까지 보지 못한 거마(Chariot)들이 여러 채 눈에 띄며 검은 색

깔의 털을 가진 말들이 늘어 서있는 것도 눈에 보였다. 마굿간에 군마들이 즐비해 보였다.

군사들의 제복도 이집트에서 본 것과는 아주 달랐다. 흰옷으로 된 군복이 특이했다.

군영에서 꽤 먼 곳, 초가집 굴뚝에서는 연기가 모락모락 오르는 것이 눈에 띄는 것으로 보아 저녁밥을 짓고 있는 듯했다. 평화로우면서도 엄숙해 보였다.

"손자야! 드디어 다 왔다. 저기가 바로 우리 선조가 살았다는 고향이다. 요하란 말여."

"할아버지? 정말 우리 이집트 사람들이 3만 년 전에 여기로 이주했다가 이집트로 다시 돌아왔단 말입니까? 믿기지 않아요."

*주.6

"그렇다. 아케나텐. 5만 년 전 우리 이집트와 아프리카 사람들은 농사짓기 좋은 곳을 찾아 이주해 메소포타미아, 인도, 중앙아시아 그리고 요하로 왔다고 한다. 여기서 인류는 농사를 배우고 문명을 만들고 다시 남방으로 문명을 가지고 돌아왔지. 그리고 일부는 멀리 얼음으로 연결된 바다를 넘어 더 동쪽으로 갔다는구나. 어쨌든 우리 이집트 사람들은 여기서 문명과 농사법을 배워 가지고 돌아와 이집트 왕조를 열었지."

"할아버지, 우리 왕조가 18왕조인데 그렇다면 무척 오랜 일이군요."

"아마도 1500년 전이겠지. 사실 우리 이집트에 있었던 왕조들은 거의 야만인이나 원주민 수준이었을 게야. 나일강 가에서 나무 열매를 따 먹고 사는 수준이었겠지. 그러다 언제부터인지 북방으로 이주해갔던 주민들이 다시 들어와 나무를 깎고 청동을 만들기 시작했지. 북방에서 보고 온 돌무덤과 적석총(흙무덤으로 된 피라미드)을 본 따 바위를 다듬어 피라미드를 만들기 시작했지. 땅 아래로는 방이 여러 개 달린 무덤을 만들고 미이라로 장사지내 영원불멸하려고 했지. *주.7

우리 조상 투투모스 때는 멀리 가나안, 시리아 그리고 메소포타미아까지 영역을 넓혔었지."

"그뿐인가요, 할아버지. 이집트 상형문자도 만들고… 그런데 할아버지? 굳이 파라오 자리를 아버지(아케나텐의 아버지)에게 물려주고 손자인 저를 데리고 단둘이서 위험하게 북방을 찾아 올 만한 이유가 있었나요?"

"그래, 손자야. 네 말이 맞다. 나는 전통대로 다신교를 따르며 통치했으나 우리는 태양신의 후예니라. 인생 살아야 40년인데, 나는 어느새 60이 넘었어. 이집트 파라오로 60세가 됐으면 많이 산 거야. 나는 죽기 전에 우리 이집트 사람들이 여기 요하에까지 이주했다 다시 돌아왔다고 하는 것이 궁금했지. 내 눈으로 똑똑히 보고 싶은 거였어. 그들도 우리 조상의 자손들이니까…"

"할아버지는 위대하신 파라오입니다. 태양신이 선택한 파라오. 그런데 굳이 이렇게 하시다니 저는 감동을 받습니다. 일반 국민들을 가족으로 아끼시는 그 마음을 저는 대를 이어 받들겠습니다. 그러나저러나, 우린 여기까지 정말 운 좋게 도달했군요. 그간 죽을 뻔한 것이… 한두 번이 아녔지요. 할아버지!"

"모두 다, 태양신의 덕분이었느니라…"

이집트 제 18왕조, 9대 파라오, 아멘호텝은 그의 나이 59세가 되던 해에 큰 결단을 내렸다.

파라오 자리를 아들에게 넘겨주고 왕세손, 즉 손자를 데리고 이집트를 떠나 멀리 북방으로 가 요하제국을 방문하고 돌아오겠다고 신하들에게 선포했다.

"폐하, 무슨 말씀이십니까? 귀한 옥체를 보존하셔야지 어떻게 그 먼 곳으로 가시겠습니까? 정 가시려면 차라리 사신을 보내 알아보시는 것이 좋을 듯한데…"

그러나 그는 직접 그의 눈으로 보고 배워가지고 돌아오겠다고 했다.

하늘같은 파라오가 동북아세아, 요하에 가서 1년간 살다 오겠다고 하니 이집트가 발칵 뒤집혔다.

"말도 안 되지! 요하는 무슨 요하! 이집트가 요하에 가서 문명을 배워왔다고? 그래?"

이집트 왕가는 벌집을 쑤신 듯했다.

결국 현재 파라오 아멘호텝은 파라오 자리를 아들 네페르티티에게 물려주고 손자, 아케나텐을 데리고 이집트 테베 궁전을 나오게 됐다.

백성들의 동요를 막기 위해 그들은 평복을 입고 등에 괴나리봇짐을 졌다.

변변한 무기도 없이 궁전을 나섰다. 가는 길에 죽을 수도 있는데…

3,000년 전에 아프리카, 특히 이집트를 떠나 더 살기 좋은 곳으로 이주해갔던 옛 조상들이 따라간 그 길을 찾아갔다. 고향을 찾아가는 순례의 길이었다.

가나안, 메소포타미아를 지나 페르샤로 그리고 인도로 왔다.

오는 길에 죽을 고비도 많았으며 더위와 굶주림도 힘들었다. 그래도 여기저기에 나무와 열매가 있어 굶지는 않았다. 해안을 따라 올라오면서 비, 소나기 천둥 번개도 겪었다.

여기 까지 오는 길, 거의 1년이란 세월이 걸렸다.

파라오 아멘호텝은 궁을 떠난 것을 후회하지는 않았으나 젊은 아케나텐은 원망도 했다. 돌아가자고 했으나 할아버지는 아니라고 했다. 다행히 그들이 떠난 때가 북방의 여름이기에 그들은 겨울을 만나지 않고 요하 근처에 도달했다.

초가을날이었다. 요하의 초가을은 다소 추웠다. 그들은 이제야 북방의 추위를 알 것 같았다.

할아버지 아멘호텝의 수염은 길게 늘어졌으며 손자 아케나텐도 길게 자란 검은 수염이 산 도둑 같았다.

그동안 그들은 오는 길에 물고기도 잡고 야생동물도 잡아먹었으며 가죽으로 옷도 만들었다.

"북방, 요하까지 얼마나 될까요?" 지나는 행인에게 물었다.

"요하제국? 아, 아직도 더 올라가야 합니다. 초가집이 보이고 굴뚝에 연기가 나는 곳이 요하입니다."

"초가집과 굴뚝 연기요?"

"그렇습니다. 요하문명의 특징은 초가집과 방구들에 불을 때 따스하게 하는 거죠. 여기는 춥지 않아 그런 것이 필요없지요."
중국 남쪽 해안에서 원주민으로부터 들은 말이었다.

마침내 그들은 해안 길을 따라 올라오다 보니 발해만을 지나 요하 근처 작은 산들을 넘어가게 됐다. 작은 산을 넘고 보니 꽤 큰 강이 내려다보이며 멀리 초가집에서 연기가 오르는 것을 발견하였다.

"자, 보라, 저기를! 저기가 요하제국의 시작이니라." 할아버지는 흥분했다.

"할아버지, 고생 많이 하셨습니다. 곧 우리는 조상의 땅을 밟게 되는군요." 손자도 흥분하며 기뻐했다.

발바닥에는 티눈이 박혔으며 발목도 아팠다.

"요하가 지척에서 보인다. 요하가…" 할아버지는 흥분했으나 이내 참을 수가 있었다.

우선 여기서 잠을 잔 후 아침에 강을 건너 마을로 들어가려고 계획했다. 결국 갖고 있던 음식을 먹은 후 괴나리봇짐을 베고 잠을 자려고 누웠다. 동편에 둥근 달이 휘영청 떠오른다. 멀리 이집트에서는 듣지 못한 귀뚜라미 소리가 아련히 흘러가는 나일강가를 연상케 한다.

"할아버지? 저 달은 마치 나일강 위를 지나가는 것 같네요."

"그래, 구름이 달을 지나가는 거여."

"할머니, 어머니가 보고 싶네요."

"나도…" 할아버지의 눈가에 눈물이 흐르고 있었다.

"할아버지? 어서 아침이 왔으면… 좋겠네요."

"그래, 자 잠을 자거라. 아케나텐!"

"할아버지, 잘 주무세요." 손자는 할아버지의 손을 꼭 잡았다.

순간, 어디선가 바스락 소리가 구름 뒤편에서 흘러나오는 듯했다.

"할아버지? 무슨 소리가 났는데…"

"나도 들었다. 정신 차리고…"라는 말을 하는데 갑자기 큰 소리가 나면서 칼을 들은 10여명의 사나이들이 둘을 포위해버렸다.

"꼼짝 마라! 네놈들?"

순간 손자 아케나텐은 사자처럼 벌떡 일어나 단검을 들고 사나이들을 노려보았다.

할아버지는 이들이 요하 군사라는 것을 직감하였다.

"잠깐! 멈춰라!"할아버지도 벌떡 일어나 소리를 쳤다. 그리고 사나이들을 바라보며 칼을 거꾸로 들고 말했다.

"우린 요하제국을 찾아온 손님들이다."

"너희는 황하제국의 첩자들이다. 칼을 내려라!"사나이 중 두목인 듯한 사나이가 큰소리를 치며 할아버지를 노려봤다.

순간 할아버지는 칼을 땅에 꽂은 후 손을 들었다.

"우린 요하제국을 찾아온 형제들이다. 너희의 형제다!"

"형제라고? 어떻게?"

"그래 형제다. 난 너희들과 살려고 찾아온 형제다. 요하제국의 왕을 만나려고 왔다."

"거짓말! 내가 보기엔 너희는 황하제국에서 보낸 첩자들이다. 저 칼을 보라, 저건 자객이나 갖고 있다. 여봐라! 잔소리 말고 저 두 놈을 죽여라!."

두목의 명령에 따라 졸병들은 칼을 들고 공격하려 하자, 할아버지는 마지못해 칼을 바로 잡고 첫 번째 졸병을 칼등으로 밀어 넘어뜨렸다. 그러자 이번엔 두 명의 병졸이 동시에 달려들었다. 곁에 있던 손자 아케나텐의 칼이 두 병졸을 막아버렸다.

"와! 이놈들이, 제법 반항이군!"두목인 듯한 사나이가 화가 나 큰소리를 쳤다.

"다시 말한다, 우리는 너희 왕을 만나러 왔다!"할아버지는 큰

소리로 대답하며 칼을 들었다.

"잠깐! 멈추라!" 순간 큰 고함소리가 나더니 머리가 길게 늘어진, 그리고 앞가슴에 작은 쇠붙이를 단 장수가 뛰어들었다.

아멘호텝과 아케나텐 그리고 요하 병사들은 잠시 멈추고 새로 나타난 장수를 응시했다.

"아! 파사(波沙) 장군! 이자들은 첩자입니다." 두목이 장수를 알아보고 보고를 했다.

"잠시 멈추라! 내가 보기엔 이자들은 황하의 첩자 같지 않다. 황제를 만나려고 하다니, 너희는 어디서 왔느냐?"

"우린 멀리 남방에서 요하제국을 보려고 찾아왔으니 너희들의 황제를 만나게 하라."

"왕을 만나려고? 알았다. 어쨌든 너희를 체포한다. 나는, 요서의 수비대장, 주연파사이다. 나를 믿고 협조하라!"

사나이들이 할아버지의 손을 묶으려하자 손자가 칼을 들고 소리쳤다.

"멈춰라! 감히 너희가 할아버지를!"

"아케나텐! 칼을 버리고 조용하라!" 할아버지가 손자에게 명령하자 손자도 칼을 마지못해 내려놓았다.

병사들은 우르르 달려들어 둘을 묶어 버렸다.

"거듭 말한다. 우리는 요하제국의 왕을 만나려고 한다." 할아버지의 목소리는 굵고 엄숙했기에 두목은 움찔하였다.

"알았다. 기다려라! 파사 수비대장의 명령에 따르라." 두목은 작은 소리로 말했다.

그 후 방문자들은 군사들에 이끌려 강을 넘어 부락으로 갔다.

어느새 밖은 캄캄해져 희미했으나 기름 뭉치에서 타는 햇불을 통해 마을을 바라볼 수 있었다.

초가지붕으로 된 주택들과 나무로 만든 꽤 큰 집들이 눈에 띄었다.

멀리 이집트와는 아주 다른 마을 모습이었다.

병사들이 햇불을 들고 지키는 꽤 큰 집 속으로 다시 데리고 가더니 구석방에 밀어 넣었다.

"할아버지? 여기가 분명 요하제국이 맞습니까?"

"맞는 것 같다. 말소리도 그렇고 초가지붕에, 그들이 들고 있는 단검도 우리 것과 비슷하지 않니?"

"그리고 밤이 다소 쌀쌀한 것도… 할아버지."

"알았다. 잠시 눈을 붙이거라. 내일부터 할 일이 있을 테니…"

잠시 후 수염이 길고 나이가 제법 든 그리고 털모자를 쓴 사나이가 찾아왔다.

대장인 듯한 군사가 털모자 쓴 사나이에게 무슨 말을 하였다.

그리고 털모자를 쓴 사나이는 부하들에게 말했다.

"너희들은 잠시 밖에서 기다리라!" 그리고 그는 홀로 방으로 들어왔다.

"너희들은 황하 사람 같지 않은데, 어디서 왔는가?"

"나는 멀리 이집트에서 왔습니다."

"이집트라고? 이집트? 그 먼 데서…"

"나는 이집트 왕조에서 특별히 보낸 사신입니다. 요하제국은 우리 이집트와는 형제지간입니다. 조상들의 나라 사람들은 어떻게 살고 있는지를 보고 싶어서 왔답니다."

"조상들의 나라를 보러 왔다? 그렇다면 여기에서 남쪽으로 내려간 요하 사람들의 후손이란 말인가?"

"그렇소이다."

"반갑소. 그렇다면 아주 귀한 손님들인데, 이렇게 대접하다니, 부디 용서하소서. 나는 요하고조선제국, 진한의 요서 사령관, 주연지문(株淵支文) 장군입니다. 여기는 허난성입니다. 서, 남쪽으로부터 자주 침범하는 황하 제국을 방어하는 가장 중요한 성이기에 이렇게 무례를 범했습니다. 용서하소서."

주연지문 장군은 손수 칼로 포승줄을 끊고 사죄를 했다.

"장군, 고맙소이다. 우리는 이집트 18왕조에서 보낸 사신 아멘호텝 그리고 아케나텐입니다. 이집트의 파라오께서 특별한 안부를 보내십니다."

"고맙소이다. 날이 밝는 대로 '**장단경아사달**'로 가 **요하조선제국**의 무단기(武檀基)황제를 알현하도록 하겠습니다."

그리고 주연지문 장군은 병졸을 불러 명령하였다.

"이분들은 아주 귀한 손님이시다. 최고의 예로 대하라. 그리고 불편이 없도록 모시거라."

그리고 주연지문 장군은 나가려고 하다가 아멘호텝의 등에 그려있는 문신을 발견했다.

이글거리는 태양과 피라미드 앞에 서 있는 스핑크스였다.

"잠깐! 귀하신 사신님? 이 문신은 무엇인지요? 언젠가 보았던 귀하고 높으신 분의 문신인데… 혹시…"

"잠깐. 장군, 병졸들을 물리소서. 말씀드리리다."

병졸들은 영문을 모르고 밖으로 나가고 주연지문 장군만 남아 있었다.

"귀하신 분은 과연 누구이십니까?"

"장군! 잠시 저와 비밀로 해주소서. 비밀로…"

"비밀로? 귀하신 분들이시여 그리하리다. 말씀하소서…"

"장군, 사실 나는 이집트의 파라오 아멘호텝이요?"

"예? 파라오? 태양신, 파라오?"

"그렇소. 입 밖에 내지 마소서. 장군. 여긴 나의 손자 아케나텐이고… 우린 우리 조상들이 살았던 요하제국을 보려고 왔소이다."

"믿기지 않으나… 어찌 증명하시겠습니까?"

"자, 여기, 내가 갖고 있는 스핑크스 문양을 가진 반지를 보소서."

그가 괴나리봇짐 깊숙한 곳에서 꺼내 보인 문양을 가진 반지
는 어두운 밤이었으나 눈에 부시게 밝게 빛났다. 이집트의 태양
신 위력이 솟구치는 듯했다.

먼 밤하늘의 별처럼 반짝이는 광채는 주연지문 장군의 눈을 의
심케 했다. 분명 황제, 아니 파라오의 인장이었다.

"파라오! 파라오! 저희들의 불찰을 용서하소서." 주연지문 장
군은 무릎을 꿇었다.

"아니오, 장군. 알아주셔서 고맙소이다."

"파라오! 어서 차비를 하시고 **장경단아사달**로가 **무단기황제**를
만나러 가십시다. 곧 마차를 준비…"

"장군! 잠깐, 고정하소서. 우리는 여기 요하제국의 삶을 보러
왔습니다. 파라오라는 것이 알려지면 우리는 요하를 자세히 볼
수가 없소이다. 그러하니 앞으로 우리를 장군의 휘하에서 한 일
년 같이 머물며 요하고조선제국의 신민으로 살도록 하락하소서.
그리고 무단기황제를 알현 할 때는 단지 이집트에서 온 사신 그
리고 장군으로 일러 주소서. 이렇게 만난 인연이니 다른 사람들
에게 더 알리지 마시고 1년간 같이 살게 하소서."

"파라오! 저. 주연과 같이 사시겠다고 하셨나요? 안됩니다. 파
라오님!"

"장군! 거듭 부탁하오이다. 우리가 온 것은 보고 배우려 함이니

장군께서 우리를 도와주소서."

"파라오! 그렇게 하겠습니다."

"장군! 파라오라 부르지 마시고, 이집트에서 온 사신 장군, 아니 그냥 장군 휘하의 장수로 불러 주소서. 부탁입니다."

"…" 주연 장군은 감히 답을 하지 못했다.

"단 일 년간입니다. 부탁합니다." 아멘호텝은 간청했다.

"알겠습니다. 아멘호텝 그리고 아케나텐 장군으로 부르겠습니다. 용서하소서."

"고맙소. 주연 장군."

마침내, 아멘호텝과 손자 아케나텐은 이집트를 떠난지 1년 만에 해안 길을 따라 북쪽과 동쪽으로 현재, 산동반도를 지나 발해만으로 들어와 요하강 서쪽 강 지류와 산들이 만나는 곳에 있는 허난성에서 요서 수비대장을 만나게 되었다.

긴 여정에 죽을 고비를 수없이 넘겼다. 먼 여정이었다.

생각해보면 말도 안 되는 모험이었다.

돌이켜 보면 엄청난 사건이었다.

파라오, 아멘호텝이 왕위를 아들, 네페르티티에게 물려주고 손자, 아케나텐을 데리고 요하로 간다고 선언했을 때, 이집트 왕실을 상상해보라!

"파라오, 폐하시여, 어디를 가신단 말입니까? 조상이라니요?

여기 이집트와 아프리카에서 10000년 전에 북방으로 이주해갔다
가 그들 중 많은 사람이 그곳에서 문명을 배워 여기 이집트로 다
시 와 청동기, 철기, 피라미드, 건축, 황금, 도자기를 잘 구워 이젠
그들보다 더 문명이 발달했는데, 이제 또 무엇을 배우려고 가십
니까? 더구나 파라오께서, 차라리 장인들을 보내 배워오면 될 것
을… 안 됩니다. 파라오!"

그들은 한사코 말렸으나 파라오 아멘호텝은 자신의 눈으로 직
접 보겠다고 손자를 데리고 떠난 것이 어느덧 1년 전…

아침에 일어나 그들은 요하고조선왕국의 중앙부에 있는 **진한**
의 평화로운 농촌을 바라보게 됐다.

굴뚝에서 아침밥을 지으려고 연기가 올라오고 이집트에서 보
기 힘든 닭이 소리를 내며 울고 있었다.

"저것이 닭이로구나. 닭! 그래서 도자기 그릇에 그려 놓았지."

닭은 당시에는 요하지방의 특산 조류였으며 먹을 수가 있었다.

8월 말이라 여기저기 논에는 벼들이 자라고 있었다.

"이것이, 아, 벼로구나. 쌀, 쌀…"

물이 적은 이집트에는 쌀 대신 밀과 같은 밭농사가 잘 되었다.
나일강이 2~3개월 범람한 후 많은 퇴적 거름으로 땅이 비옥해 지
면 밀과 같은 농작물을 심어 재배했으나 벼는 없었다.

"아멘호텝 장군! 안녕하셨습니까?"

급히 달려온 주연지문 장군이 인사를 했다.

"아 - 주연 장군! 이처럼 조상의 마을에 오니 내 마음이 마치 어린 시절의 고향으로 온 것 같습니다."

"장군! 머지않아 추수의 계절이옵니다. 과일과 쌀 그리고 다른 농작물을 거두게 됩니다. 그리고 오늘 저와 같이 장단경아사달로 가 무단기황제를 알현하게 됩니다. 파라오라고 말씀을 올릴까요?"

"아, 장군! 사신으로 온 장군이라고 하십시오. 그리고 장군의 휘하에서 1년간 고향을 보고 돌아간다고 말씀해 주십시오. 파라오란 말은 절대 하지 마십시오."

"알겠습니다. 장군, 아니 파라오!"

"장군? 파라오는 빼시고, 장군으로…"

말을 달려 장단경아사달로 갔다. 역시 요하의 말은 이집트의 말보다 더 잘 달렸다. 그리고 그가 처음으로 본 거마(Chariot)가 이채로웠다.

"주연 장군? 말은 우리 이집트와 비슷하나 저것은 무엇입니까?"

"아 - 장군! 거마라고 합니다. 전쟁에 아주 유용한 무기가 됩니다."

"거마? 우리 이집트에 꼭 필요하군요."

"예, 이집트만 아니라 인도의 아리안 그리고 메소포타미아에도…”

“장군! 우리를 황하제국의 염탄꾼으로 오인하고 체포했었는데 오다보니 황하제국의 군사도 많았습니다.”

“맞습니다. 원래 우리 요하제국은 3500년 전에 **배달황제**가 여기 요하에 **배달제국**을 건설했지요. 여기 요하는 빙하시대가 끝나고 난 후 가장 비옥하고 일기가 좋고 근처에 석탄이 널려 있어 땔감으로 사용했지요.

그 후 18대 천황을 이어받아 1,000년 전, **단군왕검이 38세에 단국고조선**을 창시하셨습니다. 중화의 요·순은 물론 우왕도 단군왕검으로부터 많은 문명을 배웠지요. 9년의 홍수를 치수(治水)하는 법도 배워 갔답니다.

그 후 황하에 하나라 상(은)나라가 대를 이어 받더니 지금은 요하제국을 찾아와 동이 글자와 갑골문자를 배워 갔습니다. 그러던 이들이 근자에는 철로 칼을 만들어 군(軍)을 강하게 조직해 우리 요하를 침공해 괴롭힙니다.”

“아ㅡ그래서 요하제국도 군대를 강하게 조직하고 있군요. 장군! 필요하시면 우리도 장군을 돕겠습니다. 직책은 필요 없습니다. 그저 장군의 휘하에서 장군을 아니 요하고조선제국, 우리 고향 나라를 돕겠습니다.”

“고맙습니다. 큰 힘이 됩니다.” 주연지문, 요서 대장은 아멘호텝의 손을 꼭 잡았다.

그리고 그들은 마침내 말을 달려 장경단아사달에 도달했다.

요하강이 앞으로 흐르며 뒤로 낮은 산이 있어 적의 침입을 잘 방어할 수 있는 지리적 요충지였다.

도시는 잘 정리돼 있으며 여기저기에 큰 돌로 만든 고인돌을 볼 수 있으며 왕궁은 나무와 돌로 지어졌다. 왕궁 입구는 큰 돌로 만들었으며 돌로 쌓은 궁성 벽이 두터웠다.

요하조선제국의 군인들이 칼을 들고 궁궐 주위로 보초를 서서 오가는 사람들을 감시하고 있었다. 그리고 주위에 말을 탄 병사도 보이고 거마(chariot)가 여기저기에 놓여 있는 것으로 봐 많은 군인들이 궁성을 지키고 있는 듯했으며 강해 보였다.

장경단아사달성의 집들은 초가로 지붕을 엮었으며 여기저기에서 우물들을 발견할 수가 있었다.

"그렇습니다. 2,000년을 이어온 도읍이지요, 태평성대를 이루면서…"

"꼭 황제를 뵙고 싶군요." 아멘호텝은 자신도 이집트의 왕(파라오)이지만 이곳에서 마음이 흔들렸다.

"파라오님이라고 소개를 하지 못함을 용서하소서…" 주연 장군은 진심으로 사과하면서 궁궐로 들어갔다.

"아닙니다. 그냥 사신, 아님 장군으로 불러주소서." 그는 주연 장군의 뒤를 따라 궁으로 들어갔다.

"이집트에서 오신 사신이라고 하셨습니까? 자. 마음을 편하게 하시고. **요하고조선제후국**은 장군을 환영합니다. 어서 오소서."

요하고조선제국, 무단기황제는 반갑게 아멘호텝을 대해 주었으나 그가 이집트의 파라오인 것은 전혀 눈치채지 못했다.

"폐하, 신은 요하고조선제후국을 흠모하여 우리 조상들이 여기에서 문화를 배워 다시 이집트로 돌아온 것을 직접 보고 싶어서 찾아왔습니다. 듣던 대로 훌륭한 제국입니다. **단군왕검이 1,000**여 년 전에 이룩해 놓은 그 업적을 눈으로 보고 있습니다."

할아버지 아멘호텝은 진심으로 칭송하였다.

"아-아멘호텝 장군의 말씀대로 우리 고조선제국은 단군왕검에 의해 천하가 시작됐습니다.

인류 역사상 처음으로 문명이 시작된 거죠, 아멘호텝 장군!

저수지를 파 물을 저장하고 흙으로 산(Mound)를 쌓기 시작하며 하늘에 제사를 드리고 조상의 묘를 흙으로 덮다가 마침내 고인돌(조상의 신전)로 짓기 시작했지요. 아울러 소, 닭, 돼지를 기르며 농업은 물론 목축업을 하였다 하오.

석탄불에서 토기를 생성하다 청동금속을 찾아내게 되어 금속, 옥돌 조각을 우리 선조들은 만들기 시작했지.

요하에는 인구가 급속하게 증가하고 철로 된 금속도구로 바위를 다듬어 자연석 적석총을 만들고, 사각형 바위를 다듬어 피라미드를 만들게 됐소이다.

단군성왕이 조선제후국을 여기 요하에 건설하시고 남쪽 중국 해안을 따라 번한이라 하셨죠. 요동과 여기 **송화강아사달성**을 중심으로 **진한**이라고 명하셨고, 요동 동쪽과 한반도에 이르는 땅을 마한이라고 칭하셨죠."무단기황제는 이집트 사신에게 자세히 설명을 했다.

"폐하, 단군 성검은 정말 하늘로부터 내려오신 하늘의 아들이십니다."이집트의 사신, 아멘호텝은 큰 소리로 대답했다.

"그렇소, 아멘호텝 장군! 이 무렵 중국 내륙에서 요하로 찾아온 동이족 지도자들은 농사, 목축, 건축을 배워 가지고 돌아가 나라를 부강하게 해 하나라−상나라로 이어졌지요. 갑골문자와 한자도 우리 동이족에서 만든 글자가 아니겠소. 그런데 근자에는 우리 요하제국에 맞서 상나라가 그들의 세력을 중국 항하 중류에서 점점 동으로 이동해 우리 번한을 자주 침범 한다오. 게다가 근자에는 거마를 만들어 훈련하고 활도 생산해 우리를 자주 괴롭힌다오.

산둥반도와 발해만 그리고 양자강 가까이에 있는 번한은 점점 중국인들이 침범해 땅을 잃고 있소이다. 요서 요동 그리고 멀리 한반도에 걸친 진한과 마한은 문제가 없는데…"황제는 근자의 고충을 털어놓았다.

"폐하! 주연지문 장군을 통해 상세히 들었습니다. 소신도 고조선제후국을 위해 이 목숨을 바치렵니다. 폐하!"

"말은 고맙소. 그러지 않아도 우리가 우리 힘으로 방어할 수 있으니 여기 있는 동안 많이 보고 이집트로 돌아가 더 부강한 왕국을 만드소서. 장군!"

"폐하. 황공하옵니다."

"주연장군! 이집트에서 오신 아멘호텝 장군에게 우리 요하고 조선제국에서 할 수 있는 최선을 다 하시요."

"그리하겠습니다. 폐하!"

황제의 명령을 받고 아멘호텝은 주연 장군을 따라 요서 수비 사령부가 있는 허난성으로 돌아가기 전에 그들은 요동지방을 찾아 그곳에 널려 있는 고인돌, 적석총과 흙으로 된 피라미드들을 바라보았다. 아멘호텝은 이곳 적석총과 이집트에 세울 피라미드를 연관시켜 보았다.

"과연 우리 이집트는 요하에서 배워왔구나"라고 손자에게 말했다.

말을 타고 활을 쏘는 민족이며 흰옷을 즐겨 입는 것도 신기로웠다.

거칠은 갈대와 무더운 나일강 그리고 비가 전혀 오지 않는 이집트의 사막과는 너무나 달랐다.

강과 산에 나무가 무성하며 적당한 양의 비로 인해 토양이 비옥해 무엇을 심어도 쑥쑥 자라는 평야가 부러웠다.

농사를 지으며, 특히 벼농사를 지은 후 볏짚으로 지붕을 만들어 보온하는 것이 신비로웠다.

더 신비로운 것은 온돌로 된 방이었다. 불로 돌을 달구어 따스함을 유지하는 것도 신비로웠다.

이집트의 역사를 보면 아멘호텝보다 약 1,000년 전에 시작한 이집트 제 1왕조의 쿠푸대왕(파라오)때부터 여기 요하의 홍산문화와 청동기문화를 배워간 것이 확실했다.

요서 허난성으로 돌아온 아멘호텝은 황제가 내려 준 특별 관사와 두 명의 하인 도움을 받고 살았다.

"주연 장군! 우리 선조들은 역시 훌륭했습니다. 이렇게 훌륭한 철기문화를 갖고 이 넓은 요하평지에서 태평성대로 살아왔다고 하니… 철기문화를 배워갑니다." 아멘호텝은 감탄했다.

아멘호텝은 농가에 걸려 있는 쟁기, 방앗간의 디딜방아, 절구통과 맷돌 벽에 걸려 있는 체, 석탄불에 사기그릇을 만들고 쇠를 녹여 만든 금속연장을 그리고 쇠바퀴를 만드는 것을 보았다.

개, 소, 말 그리고 닭을 기르는 목축과 농장, 그리고 밤이면 더운 온돌을 보면서 감탄을 했다.

어느새 1개월이 흘렀다.

"장군! 백성들이 사는 것을 보는 것도 중요하지만 요하제국을 위해 군사훈련도 받고 이 몸 다해 충성하겠습니다." 이번에는 할아버지 옆에 있던 손자, 아케나텐이 힘주어 말했다.

"아무렴! 군사 훈련도… 사실 지난 4−500년, 멀리 황하 유역에 살고 있던 동이족들은 북과 동쪽으로 세력을 넓히고 있습니다. 하·상으로 이어지면서 그들은 우리 요하 제국의 영역을 자주 침범한답니다. 결국 우리 제국은 병력을 늘리고 장창과 단창을 만들며 거마도 옛날보다 배나 늘렸답니다. 게다가 준수한 말도… 결국 많은 금전이 쓸데없는 군사비로 들어간답니다. 상나라 사람들은 점점 동쪽으로 진출하고…" 주연 장군이 덧붙여 설명했다.

"장군, 사실 우리 이집트는 여기 요하에서 문화를 배워 온 거지요. 고인돌, 식량, 도자기, 석기, 청동기 그리고 철기, 피라미드, 단검, 벽화 등…"

"그렇습니다. 우리 요하제국은 북으로는 흉노 선비 동으로는 같은 한족에게 우리 문화를 가르쳐 주어 백성들을 잘 먹여 살리게 했지요. 그러나 욕심 많은 중국인들은 무엇이든지 빼앗고 자기의 이름으로 만들어 세계질서를 흔듭니다."

"장군, 요하제국으로 오면서 보니 인도에서도 벼를 재배하더군요. 그런데 여기서도 벼를 재배하는군요. 그리고 우리 요하제국의 영토가 얼마나 되는지요?"

"우리 요하제국은 무력으로 영토를 넓히지 않습니다. 그러나 문화를 배워간 사람들이 황하 입구, 양자강 입구 그리고 만주와 반도로 이주해 살기에 엄청난 영역을 갖고 있습니다."

"참으로 대단합니다. 발해만의 비옥한 토지도 보았습니다. 그리고 바다에는 배가 떠다니는 것으로 보아 배를 만드는 기술도 좋군요. 나무와 짚을 이용했더군요…"

"그렇습니다. 나무에 짚을 엮어 만들었는데 아주 심한 폭풍에도 견디지요, 많은 생선을 잡아 올리고요…"

얼마 머무는 사이, 아멘호텝은 요하고조선제국을 이해하며 근자에 격동하는 정치 정세를 실감하였다.

어느새 일개 월이 또 지났다.

근육이 튀어나오고 얼굴이 다소 검은 손자, 아케나텐은 이른 아침에 농장에 나가 일을 하기 시작했다. 멀리서 온 손님이라고 주민들에게 소개가 됐기에 많은 사람들은 큰 관심을 갖고 그를 쳐다보았다. 그리고 그에게 친절하게 대해 주었다.

"멀리 이집트라는 데서 왔다는구먼… 근데 이집트에서 우리 선조가 이리로 이주했다는구먼. 그리고 다시 여기에서 문명을 배워 가지고 그리로 갔다고 하네. 복잡하군. 하여튼 이집트에서 온 사람 말이 우리는 같은 형제라는구먼…"

"그래, 형제라네…"

파라오라는 신분을 감추고 살아야 선조 나라의 진면목을 볼 수 있다고 하는 할아버지가 어찌 보면 위대해 보였다.

갈증이 났다. 물을 마시려고 아케나텐은 우물가로 달려갔다.

우물가로 가니 두레박으로 물을 길어 올리는 아가씨를 만나게 됐다.

그녀는 선녀처럼 예뻤다.

'와! 선녀 같군, 나일강 가의 요정 같아.' 그는 그녀에게 마음을 홀딱 빼앗기고 말았다. 너무나 황홀해 물 마실 생각을 잊고 멍청하게 그녀를 바라보고 있었다.

"목이 마르시군요? 자, 여기 이물을 마시지요"라고 그녀는 말하면서 물가에 있는 수양버들 나무의 잎새를 따 바가지에 넣었다.

"예. 감사합니다"라고 말하면서 물을 마시려 하는데 잎새가 있어 후후 불면서 물을 조금씩, 그리고 잠시 후 꿀꺽 마셨다.

"고맙습니다. 조금 더 주시지요"라고 말하며 그는 바가지를 그녀에게 돌려주었다. 순간 그의 눈에 띄는 그녀의 손은 섬섬옥수요, 마치 상나라의 미인 달기(妲己)처럼 보였다.

"천천히 마시소서. 귀하신 분." 그리고 그녀는 다시 한 바가지를 건네주었다.

"아니, 저를 어찌 아십니까?" 그는 놀라 물었다.

"잡히시던 날, 저도 거기에 있었습니다."

"예? 거기에 있었다고요? 그럼 소녀는 누구신지요?"

"농삿군의 딸입니다"라고 말하며 바가지를 놓고 물동이만 지고 훌쩍 사라졌다.

"와, 저토록 예쁘고… 마음씨도 곱고… 현명하고…"그는 사라진 그녀를 물끄러미 바라보다 보니 그의 손에 아직도 바가지가 들려 있음을 알고 깜짝 놀랐다.

그녀가 간 방향으로 좇아가니 그녀는 어느새 사라지고 눈에 띄질 않았다.

마침 지나가는 다른 처녀를 만나 물었다.

"조금 전에 물동이를 지고 간 소녀를 보았습니까? 바가지를 놓고 가서…"

"소녀요? 못 보았는데… 저희는 급히 말 타고 달려가는 파사 장군을 보긴 했으나…"

"파사 장군?"

"예, 무예가 출중하고 말 잘 타고 활 잘 쏘는 여장부입니다."

"여장군?"

아케나텐은 혼동이 되어 멍하니 그녀가 갔을 만한 곳을 바라보았다. 그리고 잠시 후 그는 훌쩍 생각을 떨치고 일터로 달려갔다. 추수를 앞둔 바쁜 때였다.

곧, 요하에는 추위가 찾아온다고 했다. 아케나텐이 만나보지 못했던 혹독한 추위가…

제9장

요하에 핀 사랑

요하제국에 온 지 어느새 3개월, 추수가 끝나고 추운 겨울이 몰려오고 있었다.

주연지문 장군이 갑옷을 입고 투구를 써 얼굴을 알아보기 힘든 젊은 장수를 데리고 그들의 숙소로 찾아왔다.

"파라오? 이젠 훈련을 배우실 차례입니다."

"장군? 파라오란 말… 아시죠!" 할아버지는 애써 숨기려고 주의를 주었다.

"아-장군! 그만. 용서하소서." 주연지문 장군은 의리가 있는 사람인지라 파라오란 말을 가끔 입 밖에 내었지만 그때마다 용케 감출 수가 있었는데 오늘은 젊은 장수 앞에서 실수를 했다.

"주연 장군, 나도 배우겠습니다." 손자 아케나텐이 말했다.

"물론이죠! 젊은 용사가 필요합니다. 자! 여기 내 부하와 같이 무예를 익히시도록 하시지요."

그러면서 그는 옆에 서 있는 젊은 장수를 바라보며 큰 소리로 명령을 내린다.

"파사! 네가 책임지고 가르치라! 우선 파사! 네가 말 타는 시범을 보이거라. 저기를 달려갔다 돌아오라!"

명령이 떨어지자 파사라는 장수는 쏜살같이 말을 타고 사라졌다. 마침내 돌아왔는데 바람처럼 빨랐다. 숨소리가 다소 거칠었다.

"자! 검을 들어 저 나무를 베어라!"

"얏!" 하는 기합 소리와 더불어 나무 밑동이 날아가 버렸다. 삽시간에 일어난 일이었다. 이집트에는 변변한 기병이 없으니 이토록 빨리 달리는 사람을 보지 못했었다. 아멘호텝은 물론 아케나텐은 감동해 장수를 물끄러미 쳐다보고 있는데, 장수는 그의 투구를 벗었다.

순간 아케나텐은 깜짝 놀라 소리쳤다.

"아니? 장군은… 우물가에서 본 아가씨?"

"맞소, 우물가에서 귀인에게 물을 준 사람입니다."

"파사? 너는 이 귀인을 이미 알고 있었느냐?" 주연 장군은 파사에게 다그쳐 물었다.

"예, 두 분이 요서 수색대에 잡히던 날, 그때 저도 거기 있었습

니다. 제가 조금 늦었더라면 두 분에게 변고가 있었을 것입니다
마는… 다행히.”

“죽이지 말라고 명령하여 데리고 온 것이 너였더냐? 파사?”

“예.”

“그렇다면, 네가 이집트의 파라오와 손자를 살린 셈이구나. 고
맙구나.”

“그리고 우물가에서 만난 적이 있습니다. 물을 달라고 해서….”

“잘했구나. 파사.” 장군은 흡족하게 생각하며 칭찬했다.

손자, 아케나텐은 너무나 뜻밖의 만남과 그녀의 아리따움에 온
통 마음을 잃고 서 있었다.

“파라오! 제 여식이 무례를 범해 죄송합니다.”

“무례라니? 그런데 딸이라고요. 장군?”

“그렇습니다. 어려서부터 무예를 익혔지요. 나라를 위해 목숨
을 바치라고 가르쳤습니다.”

“대단하오…” 아멘호텝은 고개를 끄덕였으나 곁에 있는 손자
는 아직도 멍하니 정신을 잃고 있었다.

‘아―우물가에서 만났던 그 아름다운 여인이 파사이며 주연장
군의 딸이라니. 내 영혼을 홀딱 뺏어간 아가씨가 바로.’ 손자 아
케나텐의 가슴은 마치 천둥 치듯이, 아니, 나일강이 요란한 물소
리를 내듯이, 그의 마음은 온통 감동과 흥분으로 말처럼 뛰고 있
었다.

'아가씨가 주연장군의 딸이라니…' 손자는 감격스러운 눈으로 파사를 쳐다보았다. 갑자기 커다란 산을 바라보는 느낌이었다. 아니 나일강 가에서 바라보는 큰 피라미드였다.

그 후, 아케나텐은 한 살 더 나이가 많은 파사로부터 말타기, 활 쏘기, 그리고 기마도 배우게 되었으니 그녀는 선생이었다. 그러나 날이 가면 갈수록 아케나텐은 파사를 존경하고 사랑하고 사모하는 여성으로 그의 마음속에서 무럭무럭 자라고 있었다.

파사, 그녀는 무사로서뿐만 아니라 아낙네로서도 훌륭했다. 채소도 가꾸며 천을 만들기도 했다. 닭을 치고 소를 먹이기도 했다.

이집트에서 보는 공주들과는 처음부터 달랐다. 사치도 없었다. 보석을 모으지도 않았으며 몸에 붙이지도 않았다.

"파사-파사-당신은 이집트의 달이요, 나일강 가에 핀 꽃이요. 나는 그대를 사랑하오." 그는 멀리 이집트를 바라다보며 그녀의 이름을 불러 보았다.

이들이 요하에 온지 어느새 일 년, 아케나텐은 파사와 말머리를 가지런히 하고 초원을 달렸으며 활 쏘는 실력도 백발백중이었다.

"음-" 이들을 바라다보는 주연 장군과 아멘호텝 할아버지는 매우 흡족했다.

이들과 같은 용맹하고 유능한 장수가 많이 있다면 근래 황하유역에서 세력을 키워 온 상나라를 두려워할 이유가 없다고 생각했다. 아니 든든했다.

비록 이집트와 요하는 머나먼 지리적인 거리가 있다고 해도, 좋은 한쌍으로 이집트의 장래를 짊어지고 갈 것 같다고 생각을 했다. 이집트, 파라오의 황후로 아주 적격이라고 생각했다.

요하를 내려비치는 보름달이 어스렁 뜬 저녁, 주연 장군은 나란히 말을 타고 달려가는 두 젊은이들을 보며 요하제국의 앞날이 밝다고 생각했다.

요하강이 내려다 뵈는 언덕에서 그들은 말을 멈추었다. 사랑하는 마음이 절로 솟았다.

"나일강은 얼마나 큽니까? 요하보다…"

"아ー나일강은 요하보다 몇 배 크고 넓습니다. 물도 많고… 우리 이집트의 젖줄이지요."

"이집트의 피라미드는?"

"이곳 적석총보다 큽니다. 그러나…"

"그렇다면 이집트는 강성한 나라군요."

"그렇게 봐도 되겠지요…"

"이집트의 아가씨는 예쁘오?"

"아ー 아ー 파사가 예쁘오. 파사가…"

"내가?"

"파사! 그대는 저기 뵈는 북극성 같소. 이집트. 스핑크스위에 높이 뜬 북극성 같소…"

"…"

"한번 가보시겠소?"

"가보고 싶으나… 고조선제후국을 떠날 수는 없습니다."

"나와 같이 이집트로 가소서. 그곳에서 큰 빛이 되소서… 파사…"

아케나텐은 그녀의 손을 잡았으나 그녀는 뿌리치지 않았다. 따스한 손이었다.

기마훈련에 익숙해진 아케나텐은 거마훈련도 파사와 더불어 받았다. 쇠바퀴를 굴리며 다리는 거마에서 자유자재로 활을 쏘며 칼과 창을 휘둘렀다. 속력을 내어 달리는 중 파사가 탄 거마의 바퀴가 삐걱 소리를 내며 옆으로 튀어나온 것을 아케나텐이 발견하였다. 그는 속력을 내 파사의 거마를 향해 달려가다 그녀를 한 손으로 낚아챘다. 그 순간 거마는 우지끈 소리를 내며 내동댕이쳐졌으나 그녀는 이미 그의 우람한 팔에 감겨 있었다.

"고맙소, 아케나텐!" 감사의 표시를 하는 순간 그녀의 마음은 그의 강한 팔과 가슴속으로 빨려 들어가고 있었다.

"파사―"그도 대답을 했다. 그리고 그녀를 구했다는 것이 대견하고 기뻤다.

"아케나텐! 파라오!"그녀도 대답했다.

주연 장군의 말에 의하면 중화족은 근자에 빈번하게 국경을 침공해 애꿎은 양민들을 납치해 간다고 했다.

상(은)나라는 점점 더 잔인해지고 있다고 했다.

"파라오! 이젠 돌아가십시오. 이곳이 점점 위험해집니다. 곧 큰 전쟁이 날 것 같습니다."

아멘호텝은 어찌할지 마음을 정하지 못했다. 그러나 손자는 여기 남아 싸우겠다고 했다.

그가 사랑하는 파사의 조국이 전쟁의 위협에 놓여 있는데 그녀를 버리고 갈 수는 없었다.

'파사는 고조선제국과 이집트를 위해 존재하다.' 그는 이렇게 정의했다.

일 년간 머물려고 했었는데 어느새 1년 반이 넘었다.

"손자야! 이젠 우린 이집트로 돌아가야 한다. 때가 넘었어."

할아버지가 어느 날 큰맘 먹고 손자에게 말했다.

"할아버지! 여기도 내 땅입니다. 우리가 백성을 보호해야지요… 그리고…"

"…" 할아버지는 더 이상 말을 할 수가 없었다. 그는 손자의 마음이 파사에게 빼앗겼음을 알고 있었다. 할아버지도 그러했다.

"파사는 하늘이 내린 딸이다." 그는 이집트의 딸과 다르다고 마음에 새기고 있었다.

황하 중류에 있던 중화족은 고조선으로부터 철기문명을 배운 후 점점 번성해 북으로 흉노와 선우를 견제하고 동으로 요하제국을 향해 동진하고 있었다.

그들도 이젠 철기 무기와 수 백대의 활과 창 방패를 들고 동진하여 왔다. 마침내 그들은 양자강 근처에도 황하제국의 뿌리를 내리고 산동반도에서 자주 출몰하여, 고조선의 번한을 괴롭히고 영토를 많이 빼앗아갔다.

"번한(고조선을 셋으로 나누어 진한, 번한, 마한)이 점점 위험해진다. 사수하라!"라는 무단기 대단군의 명령이 있었다.

그간 몇 차례 황하제국의 침공을 요서 수비대와 번한 수비대가 성공적으로 막았으나 많은 병력을 잃고 재기하고 있었다.

마침내 황하제국의 대군이 장단경아사달을 향해 진군해 온다는 소식을 듣고 이번에는 요동의 병력을 이끌고 친히 무단기황제가 출정하게 되었다.

"상(은)나라를 호되게 치리라."

요동 본대 병력이 요서로 내려오면서 무단기황제는 주연 대장에게 명령을 내렸다.

"주연 장군은 번한으로 내려가 황하 남쪽에서 협공해 올라오라! 그동안 나는 여기에서 그들과 맞서 싸울 터이다. "

그러나 문제가 많았다.

주연 장군은 요서 수비대를 부장군에게 맡겨 놓고 쏜살같이 황하 하구로 병력을 이동시켰다.

보병들을 주축으로 창, 칼, 활 그리고 거마부대까지 보냈다.

주 병력이 올 때까지 오로지 황하제국의 동진과 북상을 경계하고 무단기황제의 명령을 기다렸다.

그리고 많은 병력을 발해 만에 배를 띄워 황하 남쪽 그리고 양자강 북쪽으로 보내 황하제국의 뒤통수를 치려고 했다.

그런데 작전이 누설됐는지 5만여 상나라 군병이 감쪽같이 해안에 숨어 기다리고 있었다.

"잠깐 기다려라. 해안에 매복이 있는 것 같다. 특공대를 먼저 내보내겠다. 누가 나가겠는가?"

결국 특공대로 2,000명의 군사들이 파사의 인솔하에 먼저 육지에 내렸다. 기다렸다는 듯이 황하제국 병사들이 우르르 쏟아져 나왔다. 특공대는 이들을 맞아 싸우는 척하다 북쪽으로 도망하며 유인했다. 그리고 배에 있던 요하제국 군대가 일제히 상륙하여 공격한다.

앞으로 도망가는 특공대를 쫓던 황하 군대는 뒤에서 내린 요하 군대와 주연 장군을 비롯한 아멘호텝 등 용장들의 추격에 많은 희생을 당하고 흩어진다.

요하제국 병사들은 재점거 후 황하제국 군대의 후면을 공격한다.

황하제국도 그동안 많은 거마(Chariot)와 거마병을 갖고 있어 기동력도 강하여 만만치 않았다.

작전대로 요하제국 무단기황제가 거느린 요동 본대는 황하제국의 본대와 접전을 벌이고 있었다.

활과 창이 나르며 기마병들이 좌충우돌하며 피비린내 나는 전투가 황하 유역과 그 아래 황하와 양자강 사이에서 벌어지는 대격전이었다.

동이, 고조선제국과 중화의 패권을 다투는 대격전이었다.

요하제국의 운명은 여기에 달려 있었다. 비록 늦게 시작한 황하문명은 인구가 많고 지리적인 이점을 타고 여기까지 영토를 넓혀왔다.

주연지문 장군, 아멘호텝, 아케나텐을 비롯한 요서 부대는 사력을 다해 상(은)의 후방을 충분히 공략하고 있었다.

그러나 선발로 튀어 나간 2,000명 요서 특공대와 파사 장군의 소식은 전혀 없었다.

아케나텐은 마음이 조마조마했다. 혹시라도 그녀가 잘못되었으면 어쩔까 하는 마음으로 칼을 휘두르는 데 힘이 들었다.

한나절 싸움이 밤으로 접어들자 상나라 군대는 패주해 서쪽으로 도주하기 시작했다.

상나라 본대가 요하제국 본대에게 괴멸당했기 때문이었다.

"퇴각하는 놈들, 하나도 남기지 말라!" 주연 대장은 앞장서서 달려나갔다.

"와- 와-"요하 요서 부대는 사기충천 앞으로 달려나갔다.

순간 도망하던 적장이 악에 받쳐 쏜 화살이 아뿔싸, 주연 대장의 가슴에 꽂힌다.

"악!-"주연 대장은 화살을 움켜잡으며 말에서 떨어졌다.

"장군을 살려라!"아케나텐과 아멘호텝은 필사적으로 장군에게 달려가 땅에 쓰러져 신음하는 주연 장군을 덥석 안았다.

"추격을 멈추라!"마침내 요서 부대는 추격을 멈추었다.

주연 장군이 화살에 맞은 것을 모르는 군사들의 승리를 축하하는 환호성이 천지를 뒤흔든다.

"아멘호텝, 아니 파라오님, 제가 화살에 맞았다고 말하지 마소서. 저는 괜찮습니다. 그런데, 파사는? 어찌 됐는지, 알아봐 주소서."

"알겠습니다. 장군!"아케나텐은 말을 달려 앞으로 나아갔다.

"파사! 파사! 제발 살아있어다오! 제발…"

산언덕을 넘어 작은 개울과 숲속을 지난다.

"여깁니다. 여기, 살려주소서!"분명 요하특공대의 목소리였다. 소리나는 곳으로 달려가 보니 등에 화살이 박힌 채 엎어져 신음하는 젊은 병사였다.

"요하? 요하?"

"그렇습니다. 장군!"

잠시 후 요하군인들이 몰려와 젊은이를 구하였다.

"파사 장군은 어찌됐나?"

"파사 장군은 저쪽 모퉁이로 달려갔습니다. 놈들에게 쫓겨…"

"알았소." 아케나텐은 말을 달려 앞으로 나갔다.

그리고 그는 멀지 않은 곳에서 신음하며 쓰러져 있는 파사를 발견했다. 그녀의 곁에는 검은 말이 역시 쓸어져 있었다.

"파사!" 그녀는 역시 화살을 뒤 등에 맞고 말에서 떨어져 피를 흘리고 있었다.

"파사! 나, 아케케탄이요. 나요!" 그는 그녀를 마구 혼들었다.

잠시 후, 파사는 눈을 살며시 떠 그를 바라다보았다. 희미하나 그의 얼굴이 그녀의 눈 속으로 들어왔다.

그녀의 손과 발은 이미 얼음처럼 차오기 시작했으며 숨소리도 거의 사라져 가는듯했다.

"파사! 파사! 죽으면 안 돼! 눈을 떠봐! 어서!" 아케나텐은 마구 울부짖었다.

그녀는 가까스로 입술을 움직였다.

"아케…나텐…! 파…라…오! 부디…건강…하소서. 부디…" 그 녀의 목소리는 아주 가늘었다.

"파사, 죽으면 안 돼, 안 돼!" 그는 그녀를 부둥켜안았다.

"죽기… 전에… 오셔서… 소녀… 파라오… 파라오를 사랑…했 습니다. 여기 제, 단검을… 갖고 가소서, 나를… 대신… 해서…"

그녀는 힘없는 목소리로 단검을 갖고 가라고 했다.

"안 돼! 파사! 살아야 해. 살아야 해. 오, 태양신이여 살피소서."

"단검을—"그리고 그녀는 숨을 몰아쉬었다.

"파사… 죽으면 아니되오! 파사 그대는 이집트의 별이요. 아니 나의 별이요. 그는 그녀를 들어 가슴에 품었다. 그리고 말에 올랐다.

"파라오…"그녀는 아케나텐의 가슴에 안겨 말을 달리는 도중 숨을 거두었다.

"파사…"아케나텐은 말을 멈추었다. 그리고 그는 그녀를 안고 한없이 울었다.

그는 그녀가 준 단검을 갑옷 속에 깊이 넣었다.

파사가 준 단검은 비파형 동검과 비슷하나 철로 만든 단단한 비파형 단검(琵琶型 短劍. Korean Mandolin)이었으며 손잡이에 용(龍)의 모습이 그려져 있었다.

아케나텐이 파사를 말에 싣고 돌아오니 주연 대장도 또한 생사를 가늠하지 못하고 있었다.

그러나, 딸 파사가 죽은 것을 알게 된 주연 장군은 딸의 손을 잡고 신음소리를 냈다.

"파사…파사… 넌 살았어야 하는데…"

"장군! 장군!"아멘호텝은 주연 장군을 포용했다.

"아멘호텝 장군, 아니, 파라오님. 파라오님!"그는 할아버지와 손자를 불렀다.

순간, 전령이 도착했다고 한다.

"주연 장군! 우리 요동과 요서, 요하고조선제국은 상제국을 물리쳤습니다. 황제께서 특별히 노고를 치하하십니다."

"승리했다구… 만세…"

요서부대 장병들은 만세를 불렀다.

"파라오! 파라오! 나는 나의 일을 다 했습니다. 부디, 두 분은 준비된 배를 타고 남으로 가소서. 그리고 파라오가 되십시오."

"장군! 아니 되오. 장군이 아픈데 어찌…"

"파라오! 나는 어차피 일어나기 힘든 것 같습니다. 그래도 파사가 나라를 위해 목숨을 바쳤다니 영광스럽습니다. 자! 어서 가십시오. 이제 가셔서 이집트를 다스리소서…"

"아니되오, 장군!"

"파라오? 저의 투구를 가져가십시오. 그리고 저를 본다고 생각하소서…"

"장군! 아니 되오!" 아멘호텝은 그의 눈을 지그시 감았다. 모든 것이 거꾸로 돈다고 생각했다.

거꾸로 돈다는 말은 이런 이유 때문이었다.

언젠가 아멘호텝은 주연지문 장군과 이런 약속을 한 적이 있었다.

"파라오! 이집트로 가실 때는 해안 길을 택하지 마시고 내륙 비단길을 택하시면 어떨까요?"

"비단길이라면?"

"우리 요하조선제국에서 문명을 배운 사람들이 이 길을 따라 서편으로 이주했죠. 서역이라고도 하죠. 결국 그들은 멀리 메소포타미아에 이르러 수메르(Sumer), 문명을 이루었죠."

"알지, 알아요. 수메르와 우리 이집트 선조들은 서로 교류를 했었지요. 지그라트와 우리 피라미드는 결국 같은 것이죠."

"이집트로 가실 때는 비단길을 따라 가보시면 좋을 텐데…"

"그렇게 하겠습니다. 비단길을 따라…"아멘호텝은 약속했다.

제10장

이집트, 18왕조, 파라오들

발해만을 떠난 배에 괴나리봇짐을 진 여행자들이 보인다.

요하제국을 향해 손을 흔든다.

"잘 있으시오! 조선제국이여!"

"안녕, 파라오! 안녕 파라오!"

수많은 사람들이 이들을 보내며 눈물을 흘리는 모습이 마치 3년 전 이집트 테베를 떠나던 그들 모습이었다.

"할아버지? 참으로 많은 것을 보았습니다. 벼농사, 거마, 말타기, 고인돌, 온돌방, 유목인들, 방앗간, 디딜방아, 절구통, 맷돌, 벽에 걸린 채, 석탄불에 만든 사기그릇, 쇠바퀴, 개와 말 농장, 닭의 울음소리, 초가집 적석총과 사방형의 피라미드… 참으로 많습니다. 특별히 거마와 철로 만든 단검이 인상적입니다. 할아버지!"

"그보다도 주연 장군과 딸, 파사…"

"할아버지, 파사, 저는 파사를 사랑했어요. 그래서 그녀가 준 단검(琵琶型 短劍, Korean Mandolin style dagger)을 여기 가슴에 품고 갑니다."

"그래, 그 단검에는 작은 무늬가 있겠지?"

"예. 둥근 원처럼, 용(龍)의 모습이… 할아버지."

"그것이 바로 사랑이요, 태양신이니라."

"사랑과 태양신. 할아버지, 사실 우리 이집트에는 범 신, 다 신이었지요마는 저는 태양신만 우리 이집트의 신으로 모시겠습니다."

배는 순풍에 돛을 달고 남쪽으로 미끄러져 내려간다. 해가 나오는 날은 육지에 올라 먹을 것을 장만하고 그들이 올라왔던 길을 되돌아간다.

갑자기 폭풍우가 몰아친다. 배는 난파돼 가까스로 바닷가에 머문다. 괴나리봇짐을 진 할아버지와 손자는 다시 걷는다. 남쪽으로…

"할아버지 올 때는 1년 걸렸는데, 갈 때는 반년이면 되겠지요?"

"그렇겠지…"

"아뇨, 할아버지! 제 평생일 것입니다. 파사가 제 머리에서 떠나는 날까지."

"그래. 나도 파사, 그리고 주연 장군을 평생 그리워할 게다. 아니 이집트에 그를 위해 피라미드를 만들겠다.”

“할아버지, 파사가 준 이 비파형 단검은 이집트의 보물이 될 것입니다.”

“그렇다. 아케나텐! 그러나, 아쉽다.”

“아쉽다니요? 할아버지?” 손자는 물었다.

“비단길을 따라야 했는데, 우린 해안 길을 따라가고 있어.”

“할아버지!”

“왕-왕- 아-아-” 오후 4시를 알리는 모스크의 확성기 소리에 나는 퍼뜩 눈을 떴다.

내 옆에 도서관 사서가 나를 내려다보고 서 있었다.

“꽤 피곤하셨던 모양이군요? 코를 고시더군요. 잠시 전, 알라에게 기도하는 시간이라서…”

“아… 미안합니다. 그런데 제가 타고 온 배는 어디에 있나요?”

“배라니요? 여긴 알렉산드리아의 도서관인데…”

“도서관?”

“선생은 아틀란티스를 찾아야 한다고 책을 가져갔습니다. 그런데…”

“아, 그렇죠. 도서관.”

이제야 정신이 맑아진다.

도서관에서 읽다 만 부분이 눈에 띈다.

'이집트 제 18왕조. 9대 파라오 아멘호텝으로부터 왕위를 물려받은 10대 네페르티티는 그의 아들과 선왕이 먼 여행에서 돌아오자 큰 연회를 베풀고 파라오(왕위)를 그의 아들 아케나텐(11대)에게 물려준다. 그의 나이 22살 조금 넘었다.

아케나텐은 다신(多神)전을 없애고 태양신을 위주로 한 신전을 세웠다. 테베를 버리고 인근, 아마르다로 수도를 옮기고 백성들을 위한 정치를 편다. 다신교를 버리고 태양신만을 주장한 것으로 인해 백성들로부터 원성을 들었다. 그러나 그는 백성을 사랑하고 후한 경제 정책으로 잘 먹여 살리려고 노력했다. **철기문화**를 시작했다. 특수한 철을 사용해 단검을 만들었는데 **녹슬지** 않았다.

피라미드, 신전, 거마를 많이 만들었으며 국방을 탄탄히 했다.
*주: 청동기문화에서 철기문화로전환됨. 이집트의 단검은 운석에서 나온 철로 만들었다.

그는 다른 파라오와는 달리 여인을 멀리했다.

밤마다 북녘 하늘을 바라보며 파사를 그리워했다. 늦은 나이에 마지못해 이집트 여인에게서 아들을 낳았다.

그의 아들, 투탕카멘이 9살 되던 해 아버지 아케나텐은 세상을 떠난다.

그가 12대 투탕카멘이다. 투탕카멘! 그는 불과 9살에 왕위에 올라 이집트를 통치하다 아깝게도, 18세에 죽었는데 암살은 아니

고 아마도 질병으로 죽은 듯하다. *주.8

그가 남긴 유품 중 이해 못 할 것 하나가 바로 녹슨 단검이었다.

선왕, 아케나텐으로 부터 물려받은 단검이었다. 녹슬고 볼품없는 파사의 단검(琵琶型 短劍)을 그는 소중하게 모시다가 무덤에까지 지니고 있었다.

*

"다니엘? 어떻소? 이만하면 그리스의 철학자 플라톤이 찾았던 아틀란티스(Atlantis)가 어딘지를 말할 수 있지 않을까요?"

"예. 아멘호텝, 파라오님, 충분합니다. 분명 요하고조선제국은 아틀란티스입니다. 문명의 어머니입니다."

제11장

하버드대학교,
고고 인류학과 대학원 논문은 아직도 미완성이다

참으로 믿기 어려운 '이집트 중앙박물관과 알렉산드리아 도서관에서의 경험'은 나를 혼동케 한다.

요하문명이 인류 최초의 문명이라는 발견이 이토록 힘들고 방대한 것임을 알았더라면 일찌감치 기권했어야 했다. 그러나 며칠간, 꿈속에서 받은 계시이기에 주저없이 논문을 쓰려고 했다. 그러나 한 가지 현실 세계에서의 고증이 더 필요하다는 충고를 받았다.

논문을 쓰는 내가 직접 가서 요하문명을 보고 만지고 와야만 남들이 믿어 줄 거라는 강력한 충고였다.

알렉산드리아에서 카이로로 돌아온 다음 날, 보따리를 싸 들고 미국행 비행기를 탔다. 뉴욕 케네디(JFK) 공항에서 택시를 타고

'뉴저지 포트리'의 집으로 돌아왔다. 그러나 아직도 내 머릿속에서는 멀리 요하지방과 이집트가 분주하게 교차하고 있었다. 머리가 터질 것만 같았다.

이미 발표된 세계 문명에 관한 논문들 중 특별히 요하의 역사를 집중해서 찾아보았다.

5,000년 전 요하지방은 오늘날의 훈족, 동이족, 한족 등이 살았던 지방이다.

훈족은 북쪽에 거주하며 '훈, 선우, 돌궐' 등으로 불리었다. 그리고 그들은 서방으로 진출해 오늘날의 실크로드를 만들었다.

훈족과 몽골족은 춘추전국시대에 위협적으로 중원을 침공했기에 진시황은 만리장성을 쌓기 시작했다.

그러나 사실 진시황 그 자신도 동이족이었음은 역사의 아이러니였다.

진시황이 죽은 후 한나라가 그 뒤를 이었으나 한나라는 몽골에게 시달리기는 마찬가지였다.

묵특선우의 힘 앞에 한나라는 늘 참패당하고 말았다.

마침내 한나라 원제는 흉노의 호얀와 왕에게 사로잡혀, 수치스럽게 조공을 바치고 그의 딸(공주)을 바치게 된다.

이때 원제는 공주대신 못생긴 궁녀를 대신 보냈는데, 큰 실수로 절세미인 왕소군을 잘못 선정해 보내게 되는 어처구니 같은 짓을 했다.

*주: 중국 역사에서 몽골을 흉노라고 비하해서 부른다. 비록 소설이기는 하

지만 작가는 동의하지 않는다. 몽골도 단군조선의 후손이기에 한민족과 같은 동족이다.

세계역사를 보면 인종의 대이동이 여러 차례 있었는데. 요하의 피를 가진 흉노(몽골-요하)는 3번의 세계적인 사건, 민족의 이동을 만들었다.

한나라에 쫓긴바 된 흉노(요하)는 유럽으로 밀려가면서 유럽의 대이동을 초래한다.

소위 **훈족의 대이동**은 BC 2세기에 일어난 사건이 된다.

그리고 500년 후 AD 476년 서로마는 용병대장 오도아케르에 의해 멸망 당한다.

그러나 훈족의 실질적인 맹주였던 '**아틀라**'의 이름은 몽고인의 대명사로 전하고 있다.

AD 1162~1227년에 살았던 테무진(고구려 3대 대무신왕의 이름에서 온 것), 아니 **징기스칸**은 아세아와 유럽을 휩쓸고 원나라를 이룬 또 하나의 요하의 후손이 된다.

중원을 지배했던 요하제국-동이족인 수·원·청제국은 사실상 중원은 물론 주위를 다스린 주역들이었다. 청나라를 세운 누루하치는 한국인이다. 결국 중국, 중원은 요하족들에 의해 문화가 생겼으며 그들에 의해 지배를 받았으나 현세에 와서 힘이 세진 중화인과 동화되고 말았다. 그래서 중국인들은 그들을 지배했던 동이족들은 주역이 아니고 힘이 없었던 중화-한족, 중국인이 주역이라고 주장한다. 동북공정의 대표적인 사례가 된다.

사실 원나라를 보자. 그들은 분명 중국인이 아니고 요하고조선 제국에서 분가해 나간 몽골족이다. 그들이 중국을 통일하고 나서 원나라 사람을 1등 국민으로, 돌궐 등 서역 사람들을 2등 국민, 고려인들은 3등급 국민, 그리고 한족은 4등급, 최하위 야만인으로 취급했다.

'그렇다면 중국을 방문하자. 그리고 그곳에서 요하문명의 흔적을 찾아보자!'

결국 나는 내 눈으로 직접 요하를 보려고 중국여행을 계획했다.

중국여행 비자를 신청했다. 선양과 장춘, 할빈을 방문한다고 하니 비자 인터뷰를 하자고 한다.

"선양과 만주 일부를 관광하려고 합니다."

"관광? 베이징이나 상하이, 양자강 유람, 시안과 중원, 장가계는 가봤나요?"

"아, 아직 그러나 곧 가야죠."

"선생은 하버드대학 고고학과 학생이라… 고고학과…"

심사관은 고개를 여러 차례 흔들었다.

"중국은 여행의 자유가 아직 안 되나 보죠?" 나는 비자 심사관에게 물었다.

"아, 그건 아니고… 3개월 비자를 주겠습니다. 그러나 선생이 가고자 하는 송화강 아사달, 장춘 아사달, 장단경 아사달은 지도에는 없으니 그곳은 안 됩니다. 조건부요. 아시겠죠?" 그리고 그는 도장을 쾅 찍어 주었다.

"아니, 세 군데 아사달을 못 간다면 말도 안 되지요…"

"그런 곳은 중국 지도에는 없습니다."

중국 역사가들은 소위 동북공정이란 이름으로 요하문명과 그를 이은 고조선 고구려 문명을 아예 중국, 중화문명의 변방으로 몰아붙이고 있다고 대만(Taiwan)과 한국 역사학자가 귀띔을 해 주었을 때 나는 감이 왔었다.

"아하! 중국이 아예 요하문명, 고조선, 고구려, 그리고 돌궐 티벳, 변방의 나라들을 내친김에 중국의 속국으로 몰아붙이고 있군요. 중국? 아주 비겁하군… 비겁해." 나는 중국행 비자를 받아들고 중국의 저의를 밝혀주고 싶었다. 2주 후 나는 베이징행 비행기를 탔다. 지난번에 한차례 왔기 때문에 낯설지 않았다.

베이징 박물관이라야 온통 중화역사를 과장한 것일 뿐….

선양 박물관도 역시 두 번째 방문이었다.

단검, 거마, 청동기 문화를 다시 한번 찬찬히 구경했다. 그러나 이번에는 **장단경 아사달, 장춘 아사달, 그리고 송화강 아사달**을 찾아 나섰다.

"이것 보소. 여긴 금지구역이요. 못 들어갑니다. 사진도 못 찍소!" 송화강 아사달에서 나는 강경하게 거부당했다.

의식적으로 중국의 공안과 문화재 당국은 만주에 있는 고구려 문명과 고인돌 같은 옛 고분을 보지 못하게 막았다.

"이것 봐! 당신 간첩 아녀? 왜 안 된다고 하는데 굳이 들어가려고 야단이지? 공안에게 넘겨야 겠군…" 장춘 아사달을 찾다가 나는 또 한 차례 제지당했다.

드디어 문제가 생기고 말았다. 이번에는 장경단 아사달을 찾는 중이었다.

수많은 고인돌이 멀리에서 보이는데 막상 가까이 가는 것을 막다니…

옛 고구려 땅이라고 부르는 곳, 아마도 안시성에 가까운 곳이라고 나는 들었으나 지금은 중국의 고적 유물 지역으로 철저히 출입을 금하고 있는 곳… 분명 장경단 아사달이 이 근처라고 확신하는 곳이었다.

옛 성터도 중요하지만 내게 보이는 고인돌과 적석총을 보고 싶었다. 그곳으로 접근해 갔다.

"여기까지는 좋습니다마는 여기를 벗어나 더 안으로 들어가거나 사진을 찍는 행위는 철저히 금지됩니다"라는 안내인의 경고를 무시하고 나는 틈새를 보아 더 안으로 접근하였다.

이 큰 돌을 어떻게 옮겼을까? 마치 이집트의 피라미드에 쓰이는 돌과 신전에 놓인 탑과 돌들도 마찬가지인데…

과연 이 돌들이 5,000년 아니 그 이전에 이미 여기에 무덤으로 놓여 있었다고 하니, 사람이 갖고 있는 영·혼은 과연 무엇인가?

여기 중국인들은 영혼을 거부하고 공산주의 내지 자본주의적 공산주의를 택하고 있었다.

그리고 이들이 여기 이 옛 요하의 유적을 보지 못하게 하는 것은 바로 동북공정 때문이었다.

"꼼짝 마라!" 갑자기 두 명의 중국 공안이 달려와 나를 발길로 차버리자 나는 땅에 굴러떨어졌으며 갖고 있던 사진기도 땅에 떨어지고 말았다.

"아…" 나는 신음소리를 내고 말았다.

"이 새끼! 조선퉤기 놈 같은 데… 말도 안 듣는구먼… 죽을려고."

나는 마음에 켕기는 바가 있어 조용히 일어났다. 온몸이 얼얼하고 손바닥이 욱신거린다.

"나는 미국인이요." 나는 미국인임을 강조했다.

"조용히 해!" 그리고 그중 하나가 나의 손에 수갑을 채우자 잠시 후, 경찰차가 달려와 나를 태우고 인근 경찰서(공안)로 끌고 갔다.

중국 경찰은 나를 간첩 행위로 보고하며 조사하는 듯했다.

"나는 간첩이 아니오, 나는 고고학자입니다. 미국 하버드대학교 고고학과에서 왔습니다."

"고고학? 하바드?"

그들은 상부 고위층에게 전화를 거는 듯했다.

그리고 그들은 나의 비자와 신분증을 이리 보고 저리 보고 그들대로 나를 조사하고 있었다.

그날은 꼬박 경찰서에 있다가 저녁에 구치소로 이송돼 온 밤을 보냈다.

"나는 미국인이요. 영사관에 보고 해주시오." 나는 경찰 간부에게 항의했다.

"당신은 무단으로 우리 유적을 훼손하고 질서를 지키지 않았기에 체포한 것이다. 잠시 후 미국 영사관에서 너를 찾아올 것이니 잠자코 기다리라"라고 호통을 쳤다.

그날 오후 나는 미국영사를 만나 즉시 중국을 떠나게 됐다.

"다니엘, 이곳을 떠나시오. 아무래도 외교적 마찰을 불러올 것 같습니다."

영사는 단호하게 말했다.

"분하다. 분하다…"

나는 입속에서 맴도는 소리를 질렀다.

그뿐인가? **시안(西安)에 있는 진시황의 묘와 병부용**을 찾아갔을 때도 이미 나는 한차례 비슷한 소동을 겪었기 때문에 어쩔 수가 없었다.

투탕카멘의 녹슨 단검

"그들이 하는 짓은 뻔하다오. 다니엘! 나도 하바드 출신이요."

미국영사가 연이어서 내게 들려준 말도 비슷했다.

"시황의 묘를 보면 그 안에 많은 벽화와 조각이 있는데 요하에서 본 뜬 그림, 벽화 조각이기 때문에 중화 문명이라고 큰소리를 칠 만한 것이 없습니다.

결국 만주의 고인돌 무덤과 비슷하기에 중화문명은 과거 요하 문명에서 배워 온 것임이 암암리에 증명이 되는 거지요.

그뿐인가? 진시황 자체가 동이족이란 말요. 동이족. 중국은 동북공정이란 이름하에 아예 중국 주위의 민족을 오랑캐라고 부르더니 이젠 같은 민족이요 형제라고 정책을 바꾸었지요. 모든 민족이 다 중국 사람이라는 말이지요. 과거에는 염제와 치우천황도 동이족이라고 했는데 이제 와서는 황제, 염제, 치우, 이 세 사람 모두 중화의 조상이라는 거요. **삼 조상(三祖上)**이란 말요. 그러기에 만주 거란, 한족, 고구려, 백제, 신라, 흉노, 돌궐… 모두가 다 중화민족이랍니다, 라고 실토하는 꼴이지요." 영사는 계속해서 설명을 했다.

"와! 와! 동북공정! 너희들은 아예 인간 용광로를 만드는구나. 동이족, 흉노, 남만 돌궐 이젠 모두 다 중국 사람이라고? 그럼 동북아에는 중국 사람만 있다는 말이구면." 나는 나도 모르게 손바닥을 쳤다. 분통이 터져서였다.

"네 놈들의 주장이라면 이(李)씨 성가진 사람들도 중국 사람이란 말이구먼… 그렇다면, 다니엘 이, 나도 중국 사람이란 말이냐?
아니다, 그 반대이다."

결국, 황하문명은 분명 요하(요하고조선)문명의 뒤를 따랐다
고 나는 100% 확신하게 되었다.

중국은 미국시민이며 하바드 고고학 전공자인 나에게도 뻔뻔
하게 진실을 숨기고 있다.

동북공정이 이대로 진행되면 온통 동북아는 중국의 땅이 되며
중국말만 쓰는 결과가 되리라.

다시 돌아온 뉴저지(New Jersey), 나는 허탈했다. 무엇인가 잡
힐 듯한데 잡히지 않다니… 아니 못 잡다니…

중국 공안의 발길에 채여 넘어진 것이 생각보다 큰 문제였다.

허리가 아프고 오른편 팔꿈치가 시큰거렸다.

오늘은 MRI(자기공명) 촬영을 해봐야겠다고 마음먹었다.

"아프다. 몸도 마음도…"

제12장

하버드대학 인류고고학 대학원 졸업 논문의
마지막을 어떻게 마무리해야 하나?

오랜만에 아버지와 어머니를 만났다.

"다니엘! 그간 고고학 졸업논문은 어떻게 됐나? 주제가 아직도
애매모호한 거냐?" 어머니가 물었다.

"어머니! **과거는 현재의 어머니, 미래의 표상. 잃어버린 아틀란
티스를 찾아라!** 그대로입니다."

"허긴 현대 문명, 특히 유럽문명은 우리 유태 문명을 씹어 먹
고 갉아 먹었지… 호머의 서사시, 율리시스는 메소포타미아의 길
가메쉬(Epic of Gilgamesh)를 갉아 먹었어." 어머니는 혀를 찼다.

유태인인 어머니는 아직도 유태문화를 세계 최초요 최고라고
강조한다.

반면 한국인 아버지는 한국문화에 대해서 별로 자랑할 것이 없

나 보다. 아무런 말도 없이 그저 빙그레 웃기만 한다.

사실이 그러했다. 망해 버린 조선, 굶주려서 도망 나온 하와이 노예이민자의 후손에게 무슨 자존심과 내세울 것이 있을까?

그래서 아버지는 오랫동안 침묵으로 살아왔나 보다.

이민 5세인 내 눈으로 봐도 한반도, 특히 대한민국(Republic of Korea)이란 나라가 신기한 나라로 보인다.

말이 4,500년 아니 8,500년 역사라고 해도, 한국 역사관을 제대로 갖고 있는 한국사람이 얼마나 될까? 자기의 문명은 뒤로하고 서양문명에 정신을 놓고 있으니…

일본이나 중국은 없는 역사를 만들어 자기 것이라고 우기는 데 비해 한국은 있는 것도 추스르지 못하고 수수방관, 아예 관심도 없나 보다.

해방된 지 70년, 남의 손에 의해 분단 된 지 70년, 게다가 바보 같은 동족상잔의 전쟁으로 갈기갈기 찢기고, 이제는 남남갈등으로 진보와 보수가 코피 터지듯이 싸우는 나라가 아닌가? 휴전선으로 북으로 가는 길이 막히고 보니 영락없는 섬나라가 됐으니 고립상태가 아니던가?

갑자기 성장된 경제와 아직도 원시적인 본능이 설치는 한국인의 도덕관념을 보면 나는 한국사람이라는 정체성을 버리고 차라리 어머니를 따라 유태인이라고 자칭하고 싶은 마음인데, 반드시 한국인이어야 하는 아버지의 심정은 어떨까? 북조선의 핵이 문제가 아니라 남한의 지리멸렬한 정신 상태가 더 큰 문제라고 유태인 어머니는 강조한다.

"다니엘, 우리 이스라엘은 사면이 아랍인들이지. 그러나 작은 이스라엘을 어느 누구도 건드리지 못해… 왜냐고? 죽기 살기로 단결된 국민이니까…"

그래서 아버지는 한국 국적 같은 것은 아예 생각도 하지 않고 미국인 의사로 사람의 머리와 척추를 부수고 들어가는 신경외과 의사 일에 전념할 뿐이라고 생각한다.

그런데 이런 아버지가 가끔은 생각지도 않게 한국적인 생각을 내게 일러 주곤 하였다. 마치 황무지에 단비를 내려 주듯이…

'할아버지, 아멘호텝이 손자, 아케나텐을 데리고 왜 그 멀리 까지 여행을 했을까?' 그들은 나를 돕기 위해 꿈속에서라도 플라톤에게 대답할 증명을 보여준 것이라고 생각한다. 왜 그랬을까? 무슨 이유일까? 왜? 할아버지와 손자? 같은 남성끼리…'

문득 느낌이 왔다.

"아! 그래, 역시 같은 DNA, 염색체, 유전인자. 아니 본능적인 유전일거야. 종족 본능, 체제 유지, 뭐 그런거겠지. 그런데 왜 어머니는 아닐까? 모계사회와 유태인… 한국인의 정서는 또 다르지. 비록 어글리 코리안이라고 해도 종족 보존과 자부심이 있어. 그래! 그래, 민족감정이랄까. 아! 요하민족의 전통이지. 한민족이란 그 고유성이구나!"

나는 문득 아버지를 바라다보았다.

'아버지의 DNA, 그의 DNA가 내 피 속에도 흐른다. 아버지의 DNA가 어머니의 DNA보다 강하다. 아니 나는 아버지의 DNA뿐이다'라는 깨달음이 왔다.

"아버지!" 나는 나도 몰래 소리를 쳤다.

"왜, 그래. 다니엘?" 아버지는 얼떨결에 물었다.

"아버지는 요하문명의 후손이지요?"

"그렇지. 나도. 요하의 후손이지…"

"아버지, 저의 논문을 끝내야 하는 데, 잘 안되는군요."

"그래! 다니엘? 그렇다면, 이번에는 한국에 가보렴, 옛 요하가 고조선으로 고구려로 이어진 것처럼… 혹시 거기에 가면 네가 찾아볼 것이 더 있겠지."

"백제, 신라? 아니 고조할아버지의 고향을?" 나는 아버지를 바라다보았다.

"그래." 아버지는 대답도 하지 않고 씩 웃으면서 방으로 들어갔다.

다 망해가던 조선에서 굶주리다 못해 하와이로 노예이민 왔던 그 고조할아버지도 역시 요하의 자손이었음을 가서 보고 싶었다. 못났어도 그는 나와 같은 DNA를 갖고 있으며 내 조상이라는 생각이 목구멍까지 올라왔다.

2017년 11월－2018년 3월,

이번 겨울은, 유난히도 힘들었다. 여기 미국 동부에는 폭우, 폭설로 심한 고통을 겪었다. 이제 긴 겨울이 가고 봄이 왔다.

나는 한국(south Korea)행 비행기를 탔다. 아버지가 말하는 곳, 백제와 신라를 찾아보려고 하는 이유에서였다. 생각해보면 백제, 신라란 AD의 역사가 있을 뿐이다. 바라기는 이들보다 무려 2~3,000년 전의 BC의 역사와 어떤 연관이 있을까? 혹시 이번 기회에 찾아볼 수 있을 거라는 약간의 기대가 있었다.

막상 한국에 도착해 몇몇 유명하다는 대학의 고고학과를 찾았으나 신통한 대답이 없었다.

"하버드대학 고고학과도 여기 요하문명을 연구하는군요?"라는 엉뚱한 질문에 당황하고 말았다.

"물론이죠. 요하문명이 세계 최초의 문명이라고 우리 하버드대학도 생각하고 있지요."

"그런데, 댁은 유태인이라고 하던데?"

"그렇습니다. 50%의 유태인 피를 가진 진짜 한국인입니다"라고 대답하는 나의 마음은 씁쓰름했다.

한국인들 중에 요하문명이란 말을 들어 본 사람이 생각보다 많지 않았다.

"아! 거기요. 동이족, 오랑캐가 살던 곳, 거란, 여진, 말갈 뭐 그런 오랑캐가 살았던 곳이지요?"라고 대답하는 정도였다.

157

"이토록 역사의식이 없다니…" 나는 한숨을 쉬었다.

"다니엘? 한국에 가면 전라도에 고창이란 곳이 있어. 멀지 않은 곳에 너의 고조할아버지가 살았던 장성이란 곳이 있어. 간 김에 내장산에도 가보고. 고창에 가보려무나." 아버지가 한 말이 문득 생각났다.

'전라도 고창엘 가보자. 아버지 말대로…'

끝없이 펼쳐지는 정읍평야를 지나 장성에서 기차는 나를 요하의 불모지로 내려주었다.

전라도 장성-

조선 말기, 고조할아버지가 굶주리며 살다가 뛰쳐나왔다는 고향이다. 추운 겨울을 지나 봄이 왔다고 해도 모든 것이 움츠리고 죽은 듯 조용했다. 그럼에도 불구하고 내게는 새봄이 되어 싹이 돋아나고 있는 듯했다.

장성에서 방풍산 갈재 길을 따라 고창으로 향했다. 제법 산세가 높고 여기저기에서 짐승이 나를 잡아먹으려고 노려보는 듯했다. 다소 으스스했다.

8,000년 전이나 3,500년 전이나 지금이나 으스스하기는 마찬가지였다.

갈재를 넘어서니 확 트이는 마을 고창이 보였다.

평범한 시골 도시가 아니었다. 길도 잘 정돈되었으며 간간이 잘 지은 빌딩도 보였다.

다시 더 앞으로 나아가 시골길과 해안 쪽으로 이동하니 와! 와! 내 눈을 의심케 한다. 수많은 고인돌, 돌 돌 돌…고인돌… "이렇게 많은 고인돌이 여기 있다니…" 나를 놀라게 했다.

여기 고창은 옛 고조선의 삼한 중, 마한에 속한다.

현대문명과 7~8,000년 전의 고대 상고사 문명이 어우러진 곳… 평야 농지와 산과 산야에 흩어진 수없이 늘어선 돌, 돌, 돌… 고인돌이었다. 3만 개의 고인돌이 한반도에 있다고 한다. 고창 앞바다 해리 해안까지 흩어져 있었다.

지금은 찾아가기 힘든 북녘, 황해도에도 수많은 고인돌과 유적들이 이곳에서처럼 즐비하다고 한다.

그 고인돌… 고창에 널려진 옛 조상의 무덤이요 제사 터이다.

환(桓), 배달(倍達)제국을 이어 역사에 나타난 단군조선의 마한(馬韓) 땅, 고창에서 나는 옛 조상들을 만난다.

"다니엘? 여기가 바로 요하문명의 한 유적지여! 철학자, 플라톤에게 보여줄 고인돌을 보라. 여기가 바로 그가 찾았던 아틀란티스(Atlantis-문명의 어머니)란 말이다."

크고 우렁찬 소리가 나는 곳을 바라보니 괴나리봇짐을 진 할아버지 아멘호텝과 손자, 아케나텐이 나를 행해 가까이 오라고 가장 크고 높은 고인돌 앞에서 부르고 있다.

"와! 갑니다. 아멘호텝, 아케나텐 파라오!" 나는 소리를 쳤다.

고인돌 앞에 도착하자 돌 뒤편으로부터 단검을 들고 투구를 쓴 두 장수가 내 앞에 우뚝 서 있었다.

"미국에서 오신 다니엘 이! 반갑습니다"라고 큰 소리로 인사를 한다.

"아! 요서대장, 주연지문 장군 그리고…"

"내 딸, 주연파사입니다"라고 투구를 쓰고 비파형 단검을 들고서 있는 노장이 고개를 끄덕였다.

"아니! 장군님들…" 나는 그 자리에서 넙죽 무릎을 꿇었다.

그리고 그들을 올려다보니 놀랍게도 그들은 울고 있었다.

"아니! 파라오? 어찌하여 우십니까?"

"다니엘! 우리 요하조선국과 한민족은 황하, 중화족에게 밀려 그 많던 영토와 사람을 잃고 말았습니다. 중국 땅, 발해만, 요동, 만주를 잃었고, 한족(韓族)은 중화(中華)로 동화돼 한(韓)민족은 없어지고 말았어요. 이제 그나마 남은 것은 마한(馬韓)이라는 한반도인데, 그나마도 남과 북, 둘로 나뉘었어요.

이제 이대로 두면 간교한 중화민족의 동북공정으로 우린 마한마저 잃고 말거요.

문제는 한민족의 역사의식이 사라졌다는 거지요. 다니엘. 이대로 가면 마한마저도 사라지고 말아요! 클레오파트라의 자살처럼 온 민족이 다 죽어, 다 죽어!"

이토록 절규하더니, 그들은 멀리 서해 쪽으로 울면서 그리고
손을 흔들면서 안개처럼 사라졌다.

"파라오! 장군! 잠깐 서시요!" 나는 큰 소리를 쳤지만 그들은 내
눈에서 사라져 버렸다.

환영(幻影)이었다. 분명 그들을 똑똑히 보았는데. 환영이라니.

마치 클레오파트라의 손목을 독사가 앙칼지게 물고 있는 그런
모습이었다.

민족의식을 잃어버렸던 이집트왕국의 몰락을 보고 슬피 우는
파라오들의 눈물과 요하 한민족의 눈물이 나를 향해 파도처럼 밀
려오는 물방울이었다.

"파라오! 파라오!" 사라진 그들을 향해 큰 소리로 불렀다.

마침내 하버드대학 인류고고학과 대학원생, 다니엘 이는 남한
(south Korea) 땅, 고창에 와서 요하고조선제국의 마한 땅, 그 끝
자락을 보았으며, 그 문명의 흔적을 눈으로 보고 손끝으로 직접
만져 보았다.

내친김에, 북한에 가서 직접 북한에 있는 요하문명의 유적을
내 눈으로 보고 싶어 북한 입국 비자를 신청했다. 그러나 중국 베
이징 소재 북한(조선인민주주의 공화국 김정은)영사관으로부

터 북한 입국 비자를 받지 못했다. 아니 받을 길이 없었다. 아울러 미국영사로부터 들은 경고가 있었다.

"북한(North Korea)은 여행금지 구역입니다. 물론 비자는 안 됩니다. 위험한 곳이라서."

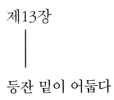

제13장

등잔 밑이 어둡다

이틀 후 나는 미국 뉴저지주 포트리(Fort Lee), 집으로 돌아와 길게 그리고 아주 깊은 잠에 빠져들었다.

목적을 다 이루고 나니 가슴이 확 트이며 모든 것이 행복했기 때문이었다.

웬일인가? 미국에 돌아온 후부터 도무지 꿈을 꾸지 않았다. 내가 갖고 있는 모든 꿈을 이집트에서 다 소모했나 보다.

아침에 눈을 떠 보니 해가 중천에 솟아 있었다.

"다니엘? 꽤 곤하게 잠을 잤군. 그런데, 논문은 어찌 됐나?"

"아⋯ 어머니, 이제 끝을 낸 것 같습니다."

"그렇다면, 플라톤이 찾았던 아틀란티스를 찾았구나?"

"찾았습니다. 그리고 증명도 했습니다."

"증명도? 어떻게?"

나는 결국 이집트에서 보았던 일들과 그리고 꿈속에서 만났던 투탕카멘에 대해서 자세히 설명을 했다.

"아니, 그렇다면 너는 정말로 성경에 나오는 예언자 다니엘이구나!"

"내가 아니고. 맘! 사실은 아버지가 예언자요."

"뭐라고, 네 아버지, **폴(Paul)**이?"

"그렇다니까요." 나는 그동안 아버지가 들려준 수준 높은 가르침을 상세히 설명했다.

"그랬어? 아버지가?"

어머니는 믿기 힘들다는 듯이 아무런 말도 없이 고개만 흔들었다.

'이럴 수가, 한민족이 유태민족을 제치다니.' 어머니, '슐라미 로젠버거'는 인종적인 충격을 받는 듯했다.

역사에 대해서, 남편은 전혀 문외한인 줄 알았는데, 아들의 말을 들어보니 뜻밖이었기 때문이었다.

'8,000년 전, 동북아세아 요하지방에서 인간 최초의 문명이 생겼다는 것 자체가 충격인데 그곳에서 사방으로 흩어져 중화 문명, 비단길을 따라 메소포타미아 문명이 발생했다. 뿐만 아니라 남쪽으로 내려가 이집트문명을 이루었다. 그뿐인가 동북으로 해안을 끼고 올라가 지금의 북미에 도달한 민족, 수 인디언, 유카탄과 중앙아메리카에 꽃 피운 마야문명은 마침내 남미 페루 안데스에서 잉카문명을 이루었다. 그렇다면 요하문명이란 온 세계를 한 바퀴 빙 도는 원의 중심이요, 모든 문명의 어머니가 된다'라고 그녀는 마음속에 새롭게 정리하는 듯했다.

순간, 어머니 슐라미 로젠버거의 눈에는 그들 유태민족이 겪은 민족 대학살과 북미 인디언 대학살의 잔인했던 옛 모습이 떠오르고 있었다.

아우스비츠 수용소에서, 벌거벗긴 채 줄 서서 구덩이 속으로 들어가는 유태인들이 총에 맞아 힘없이 픽픽 쓰러지는 모습이 그녀의 눈에서 눈물로 만들었다.

독가스실에서 고개를 떨구고 피를 토하는 유태인들의 모습은 그녀의 가슴을 답답하게 조인다고 생각했다.

이번에는 나뭇가지에 인디언들을 발가벗겨 매달아 놓고 칼로 찔러 학살하며 킥킥 웃고 있는 스페인 정복자들, 특히 성스러워야 할 성직자들의 모습이 멀리 과테말라 티칼에서부터 영상처럼 그녀의 머릿속으로 전송돼 왔다.

'아… 더러운 인간들! 과거를 씹어 먹는 현재, 그리고 현재를 갉아 먹는 미래!' 그녀는 힘없이 눈을 감았다.

"맘? 왜 그래? 어디 아파!" 나는 그 순간을 놓칠 수 없었다.

"아… 아냐. 네 논문이 맞다, 맞아!" 어머니는 소리를 쳤다.

"맞다니? 맘!" 나는 고개를 흔들었다. 어머니가 무슨 말을 하는

지 이해가 되지 않았기 때문이었다.

"맘!"

"그래. 다니엘. 네 논문에…" 그리고 그녀는 잠시 주춤했다.

"맘! 내 논문에, 뭐 잘못된 것이라도 있나요?"

"아냐! 훌륭했어. 그런데…"

"맘! 그런데, 뭐가 잘못된 거예요?" 나는 다소 불안한 마음으로 흔들리고 있었다.

"다니엘? 하나 더 증명할 곳이 있어."

"또 한 곳? 그게 어딘데요?"

"다니엘? 과테말라 티칼(Tical)이나 멕시코 치첸이샤(Xichen Itza), 아니 마야문명 유적지 말이야. 그들도 네가 말하는 요하고 조선제국의 후예들이지."

"마야? 그리고 수 인디언도?"

"다니엘? 이렇게 하면 더 좋겠지. 와이오밍으로 해서 사우스 다코다의 이글뷰트(Eagle bute)에 가서 샤이엔(cheyenne) 강의 인디언들을 보고 오면 어떨까? 오는 길에 블랙힐스(Black Hills)에 가서 와콘다 신을 만나고 오려무나."

"맘! 알겠습니다. 다코다주에 가서 와콘다 신을 만나고. 블랙힐스에 가서 멀리 흘러가는 샤이엔강을 바라보며 수 인디언들과 버팔로도 보고 오겠습니다.

그리고 맘! 유명한 러쉬무어(Rushmore)에 있는 4명의 대통령을 보고 오겠습니다."

어머니의 충고를 통해 나는 고고학의 필수과목, "수 인디언은 어떻게 태평양을 건너왔을까?"라는 아놀드 토인비의 가설이 기억에서 떠올랐다.

수 인디언(Souix Indian)

BC 220년경, 하나라 – 상나라 – 주나라 – 춘추 전국시대를 통일한 진시황은 원래 동이족 출신으로 천하를 통일했다. 동이족이라면? 바로 고조선제후국이 아니던가.

진시황은 오래 살고 싶었다. 죽기 싫었다. 어떻게 해서 중화족을 평정하고 황제가 됐는데…

서복(徐福)이라는 장군에게 동남동녀 3,000명을 주어 불로초를 찾아오라고 명령했다. 서복 장군은 이들을 데리고 제주도 서귀포를 돌아 일본으로 갔다고 한다. 물론 불로초를 구하지도 못했으며 진시황도 죽었다.

그러나 이들 중 반란을 일으켜 오랜 세월, 태평양을 넘어 록키산맥을 지나 와이오밍과 다코타의 대평원에서 버팔로와 같이 살게 된 민족이 바로 수(Souix – 徐) 인디언이라고 했다.

수 인디언은 용맹하며 중국인의 후예라고 배웠다.

그런데, **중국인의 후예가 결코 아니었다. 수 인디언은 몽고족이요, 결국 요하족의 후손이란 말이다.**

그들에게도 몽고반점이 있다고 하며 언어가 중국과 다른 형태이기 때문이다.

'수 인디언은 요하의 후손이다! 중국인이 아니다!'

결국 아놀드 토인비도 틀린 학설을 제시했다고 결론을 지었다.

"토인비 박사! 진시황이 보낸 서복 장군은 일본 규슈 후쿠오카에서 죽었습니다. 그는 태평양을 넘지 못했습니다. 요하민족이 베링해의 빙하를 넘어 이미 와 있었습니다. 그러기에 박사님의 논문은 틀렸습니다."

나는 기억한다. 8학년 때, 여름 방학을 이용해 어머니와 같이 러쉬무어(Rushmore mountain)에 있는 대통령의 얼굴들 "위대한 얼굴들"을 관광하였었다.

웅장한 바위에 그려진 정복자, 대통령의 모습과 반대편 산에 피정복자 "crazy horse-광마(狂馬)" 추장의 얼굴을 조각하고 있는 모습을 본 적이 있었다.

처참했던 수 인디언들의 학살을 지금 생각해보니 바로 나의 조상들, 요하고조선 후예들의 죽음이었다.

그래서였을까? 블랙힐스(Black Hills)를 지날 때 비바람이 몰아쳤었다. 그리고 바람 소리가 유달리 컸다.

나는 그때는, 그것이 왜 그렇게 큰 소리를 내야 하는지를 몰랐었다. 그러나 오늘날은 알겠다.

"백인들에게 학살당한 수 인디언들, 엄밀히 말하면 요하고조선의 자손들의 죽음을 분개하는 "와콘다 신의 고함 소리"라는 사실을 알게 됐다.

블랙힐스에서 흘러내리는 샤이엔강은 마치 진주를 꿰어 묶은 듯이 대평원에 붕 떠 흘러간다. 그리고 그 주위로 들소(Buffalo)들이 풀을 뜯는다.

참으로 한가로워 보인다. 그러나 밤이 되면 블랙힐스의 큰 바위 제단에는 와콘다 신에게 바쳐졌던 수 인디언 전사들의 시체가 되살아날 것 같은 느낌이다.

수 인디언의 장례에서 보는 제단은 아! 바로 그 고인돌이다.

'고·인·돌… 고·인·돌…'

독수리 깃털을 머리에 꽂은 수 인디언 전사들의 고함소리가 들린다. 그리고 버팔로 떼가 달려가는 요란한 굉음 소리가 내 귀에 들린다.

수천 년 전, 여기 북미주 대평원에서 살았던 요하고조선의 후예들은 어디로 가고 정부에서 제공하는 공짜 돈을 받아 마약과 담배로 찌들은 오늘날의 저, 수 인디언들의 모습에서 나는 5~6,000년의 세월을 바라본다.

수 인디언 전사들이 지녔던 그 활과 단검들은 다 어디로 갔나?

요하고조선의 후예들을 이젠 요하에서는 볼 수 없듯이 여기 북미에도 아니 남미에서도 보기 힘들어진다. 종족이 말살, 도태되고 있기 때문이다.

나는 덴버를 거쳐 버스를 이용해 와이오밍의 사이엔(Cheyenne)
시에서 하룻밤을 자게 됐다.

역사를 상고해 보자!

1860년경, 미동부에서 많은 사람들이 서부로 서부로 포장마차
를 타고 달려갔다.

그러나 이들은 공교롭게도 여기 블랙힐스(Black Hills)를 통과
하면서 수 인디언들과 마찰이 생겼다.

"미합중국은 서부개척을 위해 잠시 수 인디언 지역을 통과한
다"라는 조약을 맺은 지 불과 2~3년, "블랙힐스에서 금이 발견됐
다"라는 소문은 평화로운 균형을 깨뜨리고 말았다.

미합중국 백인군대와 용맹스러운 수 인디언과의 군사적 충돌
이었다.

수많은 수 인디언과 버팔로가 무참하게 살육당하였다.

미합중국 기병대 카티스 부대는 블랙힐스에서 용맹스러운 수
인디언 추장 크레지 홀스(Crazy horse-狂馬)에 의해 전멸당하
고 만다.

"뭐라고? 커티스 기병대가 인디언에게 전멸하다니! 말도 안 되
지!" 결국 미합중국은 더 많은 군대를 보내 수 인디언과 버팔로를
눈에 보이는 대로 죽였다.

우리가 알기로는 1억이 넘는 인디언들이 백인에 의해 살육당

하고 살아남은 인디언은 고작 200만에 불과했다.

그리고 수 인디언들은 몇 개의 인디언보호구역(Indian Reservation)으로 쫓겨갔다.

어려서 헨리라는 이름으로 학교에 다녔던 크레지 홀스는 미국정부와 협상을 하려고 샤이엔에 들어갔다가 오히려 잡혀 죽게 되었다.

블랙힐스의 큰 바위들은 조각가들의 눈엔 매력의 돌들이었다.

1927년부터 1941년 사이에 조각가 링컨 볼그룸(Lincoln Borglum)과 그의 아들, 아내 등 전 가족에 의해 마침내 러쉬무어 바위산에 건국 후 150년 동안 가장 위대했던 조지 와싱톤, 토마스 제퍼슨, 아브라함 링컨 그리고 데오도르 루즈벨트의 얼굴을 조각으로 만들었다.

"대통령 얼굴들!" 남 다코타주의 명승지요 아니 세계적인 명승지가 되었다.

4명의 대통령 얼굴은 관광지로 만들어주었으며 미국의 위상을 올려주었다.

그러나! 용맹스러운 수 인디언들에게는 치욕이요 모욕의 상징이 되었다.

조상대대로 살아온 땅, 그것도 와콘다 신이 살고 있는 블랙힐스의 산에 1억의 인디언들을 죽인 백인 대통령의 얼굴을 조각해 놓았으니 수 인디언들은 분개했다.

대추장 '서 있는 곰(Standing Bear)'도 역시 어려서 미합중국의 초등학교에서 교육을 받았다. 그리고 그는 미 합중과 친밀하게 지내기를 생각하고 있는 온건한 지도자였다. 그러나 그는 무참히 학살되었던 수 인디아과 전사들을 생각할 때마다 마음이 아파 눈물을 흘렸다. 그의 가슴은 조상들에게 부끄러워 펑펑 뛰고 있었다.

마침내 대추장, 스탠딩 베어(Standing Bear)는 큰 계획을 세워 수 인디언은 물론 전 미국을 놀라게 했다.

"우리, 수 인디언의 영웅 크레지 홀스 추장은 미국 기병대, 커스터 부대를 한사람도 살리지 않고 죽여 수 인디언의 용맹과 위상을 세운 바 있다."

스탠딩 베어는 조용히 폴란드 출신의 뉴욕에서 온 조각가 콜작 지올코브스키(Korczak Ziolkowski)를 만나 그의 꿈을 부탁했다.

"우리 수 인디언은 1억이나 희생돼 200만밖에 살아남지 못했으나 우리는 요하민족이다. 수 인디언은 중국인이 아니다. 우리는 자랑스러운 요하고조선의 후예다! 우리는 몽고반점을 갖고 있다. 그러니 우리의 추장, 크레지 홀스의 얼굴을 조각하데, 저들 4명의 백인 대통령의 얼굴을 합친 것보다 더 큰 얼굴로 만들 것이다."

결국 '볼구름'과 같이 대통령들의 얼굴을 조각했던 그는 이번에는 그들의 영웅 크레지 홀스의 얼굴과 말을 바위에 조각하기 시작했다.

그들은 연방정부의 보조도 사절했다.

"수 인디언은 정직하다. 용맹하다."

추장, 크레지 홀스가 말에 올라 오른손을 쭉 내 뻗치는 모습의 조각을 지올코브스키는 1939년부터 징과 망치를 들고 홀로 시작했다.

수년이 걸려 추장의 얼굴과 입술을 완성했다. 그리고 그 후 쭉 뻗은 오른손, 거마와 단검을 조각하기 시작했다. 앞으로 얼마나 더 걸릴지 누구도 모르는 대장정이 시작됐다.

대추장 스탠딩 베어, 크레지 홀스는 말했다.

"우리 수 인디언은 중국 사람이 아니다. 우리는 요하고조선의 후손으로 빙하시대 때, 알라스카 베링해를 넘어왔으며 북미는 우리의 땅이다. 수 인디언은 용맹하다."

아직도 내 귀에서는 이 소리가 쟁쟁 울려온다. 대평원에서 말을 타고 활을 들고 요하의 단검을 허리에 찬 용맹스러운 전사들의 소리와 버팔로들의 발굽 소리가 온통 내 귀를 어지럽게 뒤흔든다.

"아-수 인디언, 버팔로… 그리고 요하고조선…"

나는 크레지 홀스의 얼굴을 바라다보았다.

요하문명! 요하-몽골-동이족은 빙하의 바다를 넘어 북미 대륙

으로… 그리고 남쪽으로…

이들 민족의 이동은 럭키산맥을 넘는 것은 물론 **남으로 내려가 과실이 풍부한 곳, 유카탄, 치아파스, 과테말라, 벨리즈 혼두라스에서 마야문명을 이루었다.**

그러기에 이들은 시계, 피라미드, 청동기, 철기, 활을 사용하며 태양신을 섬겼다. 심지어 산 사람을 영광스럽게 바치는 제사까지도 서슴지 않았다.

마야의 신, 태양신은 갈증을 느껴 산 사람, 아주 건장한 청년의 심장에서 솟구치는 붉은 피를 좋아했다고 한다.

티칼의 신전과 피라미드를 보라!

요하에서 본 적석총 피라미드, 이집트의 피라미드 그리고 메소포타미아의 지그랏트와 비슷하다.

티칼의 피라미드, 365 계단으로 올라간다. 그리고 그 위에서 마야의 사제가 건장한 청년을 제단에 누여 놓고 예리한 단검, 그렇다. 바로 그 단검, "투탕카멘이 지녔던 그 단검"으로 심장을 찌른다. 붉은 피가 솟는다. 마야의 태양신은 그 붉은 피를 흡족히 마신다고 한다. 그러고 나면 태양신의 갈증이 사라진다고 한다.

"맘? 유태의 신, 야외도 아브라함에게 명령을 했었죠?"

"그렇지. 야외가 어느 날, 아브라함에게 말했었지…"

"뭐라고요?"

"아브라함아? 네가 사랑하는 외아들 이삭을 내게 바쳐라. 번제로 드려라!"

"번제라면?"

"불로 태워 제사를 드리는 거지?"

"맘? 마야 사람들처럼?"

"죽여 불에 태워 제사를 지냈겠지. 그러나 야외는 말렸어. 아들을 대신해 숫양을 잡아 제물로 드리게 했지."

"어머니? 그럼 이번에는 마야, 잉카 그리고 수 인디언을 찾아가 보고 싶군요. 요하제국의 후손들을 직접 만나보고 싶군요."

"그렇게 되면, 다니엘! 너는 온 세계에 흩어진 요하제국의 후손들을 실제로 증명해 보게 되는구먼. 아주 훌륭한 논문이 되겠어. 다니엘."

어머니는 더 이상 말하지 않고 방으로 들어가 버렸다.

"맘! 고맙습니다."나는 방을 향해 꾸벅 절을 올렸다.

"그래, 가보자! 가서 직접 눈으로 보고 만져 보자. 마한 땅, 남한(south Korea)에 가서 고인돌을 만져 보았듯이…"

마야문명- 잉카문명- 아즈택 문명-
나는 이들 문명에 대한 옛 기억이 화산처럼 떠올랐다.
－요하의 몽골 족속이 여기 북미대륙에 나타나기 시작한 것이 BC 3세기라고 역사학자들은 말하나 사실은 이보다 훨씬 전이었

다. 모름지기 4만 년 전일 게라고 요즘은 추측하는데 그것은 요하문명의 요하고조선제국 사람들이 베링해를 넘어 북미로 갔음을 설명한다.

천문학, 건축학 그리고 청동기, 철기문화를 배웠기에 무기와 농기구를 만들었다.

이들은 낮은 지역에서 열매를 따 먹고 경작을 했다.

마야 사람들은 태양신을 섬겨 돌로 피라미드를 짓기 시작했다. 유카탄 반도, 치아파스 오하카 과테말라의 여러 지역에 크고 웅장한 신전과 피라미드를 건축했다.

내가 가 본 곳은 과테말라 '익심체(Iximche), 퀘찰테낭고(Quecheltenango)와 과테말라시티'였다.

AD 11세기, 어찌된 일일까? 낮은 지대에 살던 마야인들은 갑자기 지구상에서 사라져 버렸다.

나중에 알고 보니 이들은 해발 1500가 넘는 코반, 과테말라시티, 퀘찰테낭고 등으로 이주해 버렸다.

이유는 간단했다. 낮은 지대에 가뭄이 들어 농사를 짓지 못하고 엎친데 겹친 격으로 전염병이 돌자 몰살당하지 않으려고 선선한 고산으로 탈출을 한 결과였다.

전자를 제1 마야문명기라고 하며 AD11세기 후를 제2 마야문명기라고 부른다.

1492년 콜럼브스가 신대륙을 발견하고 100년 후 중남미와 남미는 스페인에 의해 철저히 정복당했다.

마치 북미, 아메리칸 인디언들이 영국에 의해 철저히 정복당했듯이…

영국에 의한 정복은 스페인보다 더 악독했다.

영국은 인디언 남녀를 모두 죽여 버렸으나 스페인은 남성은 죽이고 여성은 살려둬 그들의 씨받이 혼혈종으로(메소티조(mesotizo 라디노 radino)만들어 인디오(Indio. 인디언 원주민)를 다 스리게 했다.

이렇게 해서 죽은 인디언들이 북미대륙 통틀어 2억은 된다고 하며 북미에 있던 1억 마리의 버팔로도 수 인디언들과 같이 학살돼 6,000마리만 남았다고 한다.

스페인 정복자들은 참으로 손쉽게 중미와 남미를 정복했다. 무지한 인디언들, 아니 요하의 후손들을 기만한 결과였다.

"그렇다 과테말라! 철저히 공부해 보자!"

나는 밤새 인터넷을 뒤적거려 보았다. 뜻밖에 많은 정보를 알게 되었다.

슬픈 역사를 가진 민족이었다.

"과테말라-와! 이곳에도 비참했던 과거가 있었구나. 잊혀진 과거가 여기에도 있었구나!" 나는 밤새, 인터넷을 통해 과테말라 속으로 들어갔다.

－21개의 부족이 마야문명지에 있었다. 하나둘 스페인 정복자

에게 항복했으나 끝까지 남은 최후의 왕국, 키체와 까꾸치켈의 몰락은 너무나 어처구니가 없었다.

마야 최대의 종족 키체도 마침내 항복을 했으나 까꾸치켈은 끝까지 저항했다.

까꾸치겔 왕에게는 아주 용맹스러운 왕자, 테쿤우망이 있었다. 말도 잘 타고 활도 쏘고 용맹스러웠다.

테쿤우망(Tecun Uman)에게 약혼녀 리고베르타(Rigoberta, 공주라고 불렸음)가 있었다. 겨우 17세, 아리따웠기에 태양신의 딸이라고도 불렀다.

리고베르타가 왕자의 약혼녀가 되기 위해서는 한 가지 희생이 따랐다. 아니 강요됐다.

그녀의 오빠, 리고가 태양신의 제물이 되어야 했다.

마침내, 리고베르타는 왕자비가 됐으며 약속대로 그녀의 오빠는 태양신의 제물로 죽게 됐다.

오빠 리고(Rigo)는 죽고 싶지 않았다. 도망가고 싶었다. 그러나 그가 도망가면 여동생 리고베르타와 아버지 테테 장군은 왕에 의해 죽어야 했다.

결국 오빠는 여동생과 아버지를 위해 영광스러운 마야 전사의 죽음을 택했다.

태양이 쩽쩽 비치는 정오, 그는 스스로 익심체 피라미드(제단)로 서서히 올라간다. 그리고 그는 단위에 눕는다.

흰옷을 입은 마야의 사제 둘이 그를 움직이지 못하게 꽉 붙들었으며 다른 건장한 사제는 칼을 들어 그의 심장을 위에서 아래로 90도 직각으로 찌른다. 단검은 정확하게 심장을 꿰뚫었다. 붉은 피가 하늘 높이 솟구쳤다. 그는 결국 제단 위에서 아무런 말도 없이 죽고 만다.

'영광스러운 마야 전사의 죽음이라고 했다.'

그가 죽은 후, 그는 아티트란(Atitlan, 세계 5대 호수 중 하나) 호수 위에 매일밤 하늘 높이 떠 마야를 내려다보는 마야의 별이 되었다고 한다.

인디언들은 '마야의 별, 아니 리고의 별'이라고 불렀다.

평온했던 여기 마야의 땅에 스페인 정복자들이 말을 타고 총을 차고 나타난다.

그러나 까꾸치껠 부족은 항복하지 않았다.

테꾼우망 왕자는 군사를 데리고 스페인 정복자들과 혈전을 치루나 점점 약해진다. 마침내 항복 일보 직전이 됐다.

그는 끝까지 스페인 정복자 알바라도 장군에게 저항했으나 불가항력이었다.

몰살당하느니보다 그 한 몸을 바치겠다고 결심한 왕자는 알바라도 장군에게 결투를 신청했다.

"우리 둘이 결투를 해 승자를 가르자! 우리 백성을 죽이지 말라!"

그러나 활과 총의 대결은 불을 보듯이 뻔했다.

알바라도의 총알이 먼저 테쿤우망의 심장에 박혔다. 그는 말에서 떨어졌다. 많은 인디언들은 달려들어 왕자를 말에 태우고 아티트란 호수로 도망을 가 호수 뒷편 산속에 숨어 버렸다.

테쿤우망의 심장에 박힌 총알은 태양신의 도움으로 인근 나뭇가지에 앉아 있던 앵무새(퀘찰)의 심장에 박혀 그 새는 온몸을 피로 물들이고 죽었다고 한다. 태양신이 왕자를 대신해 앵무새를 희생시켰다.

"왕자가 살아났다!"

테쿤우망은 살아나 아티트란 산속으로 도망하고 그의 약혼녀 리고베르타는 알바라도에 의해 유린당한 후 아티트란 호수에 투신자살한다.

까꾸치겔 왕조의 멸망으로 마야 인디언 왕조는 끝을 맺는다. 그리고 그들은 450년간 호수 뒤편 산속에서 저항하며 살았다.

그러기에 오늘날 앵무새, 퀘찰은 과테말라의 국조(國鳥)가 됐으며 과테말라 화폐의 단위가 된다.

내가 전에 방문했던 아티트란(Atitlan) 호수는 넓고 웅대하다. 세계 제5위의 호수라고 하듯이 많은 배가 오가며 많은 사람들의 삶의 터전이기도 하다.

나는 아티트란 호수에서 스페인 정복자들에 의해 무참히 학살됐던 마야 인디언들 울음의 노랫소리를 들었다.

마치 바빌론 강가에서 비통하게 노래하던 유태인들의 그 노래
와 똑 같았다.

'노예들의 합창(노부코)이었다. 노예가 된 유태인과 과테말라
마야 인디언 노예들이 같이 부르는 서글픈 노래, 합창이었다.'

"내 마음아-/황금 날개에 실어/고향 땅 언덕 위로 날아가라/
산들바람 맑은 샘물 흐르는 곳/ 내 고향의 노래를 부르자/
아티트란 호수에 인사하고/ 익심체(Iximche), 불타 무너진
것을 보라/
오 내 조국-/언제나 다시 찾으리/ 내 마음속에 사무치네//
태양신의 자비로운 손 길/ 서러운 나의 마음을 위로하네/
나의 마음을 위로하네//"

Coro Di Schiavi Ebrei에서 *주.9

마침내 안티구아(Antigua)에 스페인 총독부가 설치되었다. 스
페인계 백인 통치가 200년 지속했다. 백인 정부의 폭정이 종지부
를 찍고 중미는 스페인으로부터 독립해 멕시코, 과테말라, 벨리
즈, 혼두라스, 살바돌, 니카라카, 파나마 그리고 코스타리카로 분
리되었다. 1776년이었다.

뜻밖의 문제가 돌출했다. 인종 문제였다. 최고 지배층, 백인
이 물러가자 반백의 혼혈종인 라디노가 백인을 뒤에 두고 득세
하게 됐다.

백인(Latino), 혼혈종(메소티조-라디노.Radino) 그리고 인디언(Indio. 최하 노예층)의 삼각 구도였다.

특히 과테말라는 다른 나라와 달라 아직도 인디오가 50%, 다수가 된다. 그럼에도 불구하고 그들은 피지배자들(노예나 마찬가지 신세)이었기에 빈곤하고 교육을 받지 못한 하류 계급, 거지와 노예로 살았다.

1~2%를 차지하는 절대 권력의 백인(Latino)이 뒤로 물러나자 48%가 되는 혼혈의 메소티조(라디노)가 새로운 지배자가 돼 50%의 인디오(원주민-요하의 후예)를 종처럼 다스리고 부려 먹었으니 말도 안 되는 계산이었다. 총은 무서운 것이다. 누군가 말했다. 권력은 총 끝에서 나온다고…

참다못해 과테말라 인디오들은 내전을 일으킨다

'리고베르타 멘추'라는 인디오 여성 인권 운동가의 노력도 한몫했다

1996년경 라디노와 인디오는 마침내 유엔의 중재 하에 평화 협정을 맺었으며 리고베르타 멘추는 노벨 평화상을 수여받는다. 그리고 내전은 끝났다. 마침내 나와 같은 종족, 요하의 후손인 인디언들은 자유인이 되었다. 이상이 오늘날의 과테말라의 역사이다.

나는 수 인디언과 잉카 인디언들은 방문하지 않기로 했다. 워낙 유사한 인종의 역사이기에 과테말라 한 곳을 방문함으로 충분

하다고 어머니와 아버지가 조언을 해주었기 때문이었다.

와! 가자! 과테말라로··· 가서 전기 마야문명(티칼)을 다시 보고 확인해 보자!"

제14장

논문은 드디어 완성되었다

마침내, 나는 뉴욕에서 저녁 비행기를 타고 과테말라 시티로 향했다.

5시간의 비행 끝에 비행기는 고도 2,500미터의 산꼭대기 도시 과테말라 시티 공항 활주로에 내린다.

새벽 5시, 동편에 보이는 태양이 눈부시다. 마야의 태양신이 눈물을 흘린다고 느껴졌다.

태양! 태양!

이집트의 태양신, 메소포타미아의 태양신, 요하의 태양신, 마야의 태양신.

과거에는 온통 태양신이었을 뿐이었건만, 21세기에는 태양은 단순히 항성(움직이지 않는 별)일 뿐이다.

투탕카멘의 녹슨 단검

메소티조(혼혈인)는 도시에, 인디오(마야 인디언-요하 인디언)는 산골에 처박혀 산다. 그러기에 인디오는 문명을 모른다. 아직도 과거의 태양신과 마야의 풍습을 따른다.

인디오들은 흉노, 몽골, 한족, 거란족들과 아주 비슷하다.

심지어 엉덩이에 몽고반점(蒙古斑點, Mongolian Spot)이 눈에 띈다.

분명 유태인에게는 없지만 한국인에게는 버젓이 있는 특수한 표식이다.

몽고반점과 다운 증후군(Down Syndrome)은 흥미로운 유전역사를 알려 준다.

유태인, 서양인, 아프리카인 러시아인 등의 모든 자녀에게 다운 증후군(Down syndrome,)이 발생하면 100% 몽골사람 얼굴이 되기에 mongolism(몽고리즘)이라고 부른다.

이것은 인류 유전학적으로도 요하고조선백성들이 제일 먼저 세상에 태어났으며 인간 문명의 궁극적인 출발이요 종착역이라는 유전적인 증거가 된다.

과테말라 공항에서 지난번에 가보지 못한 곳, 마야 유적의 중심지, 티칼(Tical)로 가는 경비행기를 탔다.

티칼 근처에 있는 마야호텔(4성급)에서 제공한 택시를 타고 1880년경에 발견된 밀림 속의 옛 마야의 유적지, 티칼에 도착하니 긴장이 확 풀린다.

이 유적지를 보고 가면 나는 나의 논문을 완성하게 되기 때문이었다.

나는 후기 마야인디언들의 유적지인 익심체에 있는 피라미드를 몇 년 전에 올라가 본 기억이 있다. 365계단이라고 한다. 마야 인들은 이미 365란 수와 태양의 궤도를 알고 있었다고 한다.

이번에는 **전기마야인디언의 대표적인 유적지, 티칼**의 피라미드의 꼭대기로 걸어 올라가기로 정했다. 다소 미끄럽기도 했으나 끝까지 올라간다.

그 정상에 가면 500년 전에 있었던 마야 청년의 죽음을 볼 수 있을 거라고 생각했다.

최후의 왕자(테쿤 우망)의 아내가 된 리고베르타의 오빠(리고)의 죽음을 다시 볼 수 있으리라고 확신했다.

리고베르타를 왕자비로 세우기 위해 오빠는 태양신의 희생물이 돼야 했었다.

죽는 것이 두려웠던 오빠, 리고는 캄캄한 밤 멀리 도망을 가려고 마음을 먹었으나 포기했다. 그가 멀리 도망가면 동생, 리고베르타는 왕에 의해 잔인하게 죽고 만다는 것을 알기 때문이었다.

"내가 죽으면 동생이 산다!" 그는 죽기로 결심했었다.

다음 날, 오빠는 당당하게 티칼의 피라미드를 향해 한 계단 한 계단 올라갔다. 사랑하는 누이동생과 그의 가문의 안녕을 위해서 당당하게 죽음을 택했다.

투탕카멘의 녹슨 단검

태양이 온통 뜨겁게 타들어 간다. (오빠가 죽음으로 여동생은 왕자비가 됨)

그는 제단 위에 하늘을 보고 길게 누웠다. 그러자 흰옷 입은 마야의 사제는 칼을 들었다. 마야의 왕이 특별히 하사한 비파형 단검이었다. 아니 테쿤우망이 차고 다니던 그 단검이었다.

바로 그 칼은 분명히, "**비파형 단검**"이었다.

비파형 단검은 리고베르타의 오빠, 리고(Rigo)의 심장을 꿰뚫는다. 붉은 피가 하늘 높이 솟구친다.

그리고 목이 마른 마야의 태양신은 그 솟구치는 붉은 피를 입으로 후루룩후루룩 미친 듯이 들이킨다.

동생을 위해 기꺼이 죽은 리고를 생각하며 나는 한 계단 한 계단, 365계단을 올라갔다. 마침내 피라미드 제일 꼭대기에 이르렀다.

나는 분명, 리고와 테쿤우망이 제단 옆에서 나를 기다리고 있을 거라고 확신하고 있었다.

"테쿤우망! 리고!" 나는 큰 소리로 두 사람의 이름을 크게 불렀다.

그러나 대답이 전혀 없었다.

"리고! 테쿤!" 나는 또다시 그들의 이름을 크게 불렀다. 이번에도 대답이 없었다.

'아… 그곳엔 더 이상, 제단은 없었다. 마야의 청년도 없었다.

마야의 사제도 없었다.'

"어디를 갔나? 어디를 갔나?" 나는 주위를 맴돌았다.

나는 그들이 나를 기다리고 있을 거라고 확신하고 있었기 때문에 이들이 나 몰래 숨어서 놀린다고 생각했다.

멀리 아래로 정글이 보인다. 짙푸른 정글, 야자나무가 부채처럼 활짝 펴고 태양을 향해 고개를 젓는다. 늪지대에는 악어와 뱀이 눈을 부라리고 먹이를 찾는 듯했다. 아니 제단에서 뿌려진 선지피의 냄새를 맡고 있는 것 같았다.

그러나 21세기, 여기 티칼의 피라미드는 단지 쓸모없는 돌무더기일 뿐, 아무런 의미도 없는 듯했다.

'도로 내려가자!' 나는 올라온 반대 방향으로 내려가려고 몸을 앞으로 움직였다.

순간, 무엇인가 내 발바닥에 밟히는 느낌이 있었다.

"뭐지?" 나는 뱀을 밟았을지 모른다고 생각하며 깜짝 놀라 발을 떼어 위로 들었다.

순간 내 눈에 보이는 것은 뱀이 아니고 아주 녹슨 작은 쇠붙이이었다.

나는 그 녹슨 쇠붙이를 주워들었다.

"아…!" 나는 나의 눈을 의심했다. 아주 녹슬고 부러진 단검, 그 칼자루의 일부였다. 그리고 자세히 보니 무엇인가 보이는 그림의 형체가 있었다.

둥근 원이 일부분 보인다. 그리고 보이는 형상은 '용의 주둥이' 같았다.

용의 주둥이? 그렇다면 투탕카멘의 녹슨 단검?' 나는 소스라치게 놀랐다.

'아-비파형 녹슨 단검!'

리고베르타(공주)의 오라버니, 리고의 심장을 찔렀던 그 '비파형 단검'. 아니, 테쿤우망의 단검이 피로 인해 녹이 쓸어 두 동강이, 세 동강이 났으리라는 짐작이 들었다.

멸망당한 역사로 인해 눈부시게 반짝였던 비파형 단검은 녹슬어 두 동강이 세 동강이 난 듯했다.

그리고 가해자도 피해자도 모두 역사에서 사라졌다. 오로지 아티트란 호수 위에서 밤마다 반짝이는 마야의 별, 리고베르타의 오빠 리고(Rigo), 그가 아직도 별이 되어 슬픈 노래를 부르고 있는 듯했다.

"파사를 사랑했던 아케나텐.
그가 갖고 있었던 비파형 단검,
리고베르타를 사랑했던 테쿤우망.
오빠의 심장을 찔렀던 그 비파형 단검.
투탕카멘의 녹슨 단검,
인류최초의 문화,
요하고조선제국의 녹슨 단검이

그곳에도 있었다.”

플라톤이 찾았던 아틀란티스(Atlantis-세계문명의 어머니)는 요하문명으로 세계 도처에 널려 있음을 나는 발견하고 확신하게 되었다.

다시 돌아온 뉴저지의 집에서 나는 일주일 동안 두문불출, 방대한 역사와 기행을 컴퓨터에 상세히 입력시켰다.

마침내 나는 하버드대학 인류 고고학과 석사학위 논문을 완성하게 됐다.

완성된 논문을 나는 사랑하는 애인이라고 생각하며, 가슴에 품고 흐뭇하게 그리고 즐겁게 서재에서 홀로 자축을 하고 있었다.

북미, 아시아, 아프리카, 유럽 그리고 이스라엘이 온통 내 논문과 내 마음속에 녹아 있다고 생각했다.

“드디어 나는 해 냈다! 아틀란티스이란 바로 요하문명이다!”

그 순간 - “똑.똑.똑.” 나의 서재 방문을 두드리는 소리가 들렸다.

“들어가도 되겠니, 다니엘?” 어머니였다.

“물론이죠, 맘!” 나는 문을 활짝 열었다.

어머니는 샴페인 한 병과 유리잔 두 개를 들고 웃으면서 방으로 들어섰다.

그리고 샴페인을 잔에 넘치도록 부었다. 거품이 솟았다. 넘치도록 가득 따랐다고 생각했는데 잠시 후 거품이 사그러지자 겨우 반 정도만 남았다.

"축하한다. 다니엘! 자 축배하자!"

우리는 길고 가는 샴페인 잔의 윗부분 톡 불거진 부위를 쨍하고 부딪쳤다.

"맘(Mom)! 댕큐. 댕큐." 나는 감사를 표했다.

"다니엘? 부탁이 하나 있다. 들어주겠니?"

"맘, 물론이죠. 무엇이든지…" 나는 말은 그렇게 했지만 은근히 걱정이 됐다. 혹시라도 내 논문에 부족한 것이 발견돼 무엇인가를 고치라고 하지 않을까 하는 걱정 때문이었다.

"다니엘! 내가 말하는 것을 논문의 마지막에 써 넣도록 하자!"

"예? 어머니가 말하는 것을 써 넣으라고요? 뭔데?"

"써 보면 알아."

"알겠습니다. 맘! 말씀하시죠."

"역사를 망각하면 민족이 멸망한다. 그러나 역사를 기억하면 민족은 생존한다."

"누가 한 말인가요?"

"홀로코스트에서 살아남았던 랍비(유태인 선생)가 한 말이야."

"랍비가?"

"그래. 우리 유태인들은 지난 2,500년 동안 나라도 없이 떠돌아다녔으나 역사를 잊지 않았기에 마침내 1948년 5월, 이스라엘로 독립했던 거야. 그런데…"

"그런데, 뭐죠? 맘!"

"요하민족은 역사를 망각했어. 그리고 기록을 남기지도 못했어. 비록 요하민족이 한자를 최초로 만들었다고는 했지만 정작 자신들의 기록은 없었어. 온 세계를 지배하고 휩쓸었던 요하제국은 결국 한자를 사용하고 역사를 기억한 중화족에게 오히려 흡수당하고 말은 거였어. 자아를 잃어버린 치매 환자가 된 거였어. 바보처럼."

이 말을 한 어머니, 슐라미 로젠버거는 마침내 2,500년 동안 참고 참았던 망국의 서러움에 흐느끼며 아들의 논문 속에 눈물로 새로운 지도를 그리고 있었다.

"맘! 그게 아닙니다. 요하문명도 문자로 그림으로 기록을 했습니다. 그러나 중화족은 무력으로 요하의 기록이 담긴 책들과 문화를 모두 모두 불살라 버렸습니다. 뿐만 아니라 일본인들도 한민족의 역사를 없애 버렸답니다."

"그랬어? 다니엘! 나쁜 놈들!" 어머니는 울음을 멈추었다. 그리고 다시 훌쩍거렸다.

"맘? 우리는, 유태인이라고 하셨죠?"

"그렇지 너와 나는 유태인이야."

"맘! 감사합니다. 나는 아버지와 같은 한민족, 즉 요하족이기도 하죠."

"그래."

"맘. 요하고조선 문명을 되 찾아 낼 것입니다. 우리는…"

"그래야지…"

나는 울고 있는 어머니를 힘껏 포옹했다.

"그간 도와주셔서 고맙습니다. 맘!"

(Soli Deo Gloria, khy)

"소설 속 다니엘의 논문"

지금까지 알려진 역사지식에서 벗어난 참신한 정보시대의 논리이다. 인류학, 고고학, 혈연학, 지질학, 신학 등의 여러 장르를 통합하여 연구한 보고서로서 인류의 과거 진실을 밝혀내었다. 그리스의 철학자 플라톤이 찾았던 아틀란티스(Atlantis)는 인류의 문화와 문명이 시작한 한반도에 농경생활의 시작과 만주 요하지역의 유목생활의 시작이었다.

이집트문명은 인류문명에 기적처럼 나타나서 우리는 신비스럽게만 이야기한다. 그 문화의 특징을 살펴보면 이집트를 지배한 파리오의 무덤인 땅 위 피라미드가 있고, 또 다른 땅 밑에 지은 투탕카멘의 것과 같은 귀족 무덤이 있다.

고구려 영토였던 지린성 주위의 피라미드와 한반도의 고분에서 보여주는 고구려 문화와 공통성이 많다. 동아시아의 피라미드 흙산(Mound)과 선조의 돌무덤인 고인돌 (Dolmen)이 수천 년 동안에 함께 성장하면서 적석총이 나타나고 방추형 돌무덤 (Pyramid)으로 진화해온 과정을 보여 준다. 동아시아의 홍산문화는 이집트보다 2,000년 이전부터 적석총을 짓기 시작했다.

땅속에 지은 투탕카멘의 고분을 보면 고구려 고분처럼 전실과 후실로 나누어진 같은 양식이다. 전실은 생시의 모습을 남기고 후실은 사후의 모습을 보존하는 고구려 분묘의 형식과 같다. 1949년에 발굴 조사되었던 북한 황해남도 안악군에 위치한 안악 3호 고분의 벽화에는 고구려의 생활풍습을 잘 그려 놓았다. 고국원왕 때인 서기 357년에 만들어졌지만 수천 년 전 이집트 문화 이전부터 내려오는 생활환경을 보여준다. 전실의 벽화에 주인공이 수레를 타고 가는 행렬도와 사냥에서 잡아온 짐승들을 걸어놓은 부엌에 세워놓은 수레를 본다. 고구려와 이집트에서 귀족은 말이 끄는 수레를 타고 다녔던 공통성을 본다.

동아시아에서 농사를 지으며 연자맷돌을 만들어 돌리고 물레바퀴를 돌리며 바퀴의 개념은 일찍부터 시작하였다. 나무바퀴 하나의 일륜차(Wheelbarrow)에서 바퀴 두 개의 손수레, 인력거, 달구지, 마차, 그리고 진시황제의 전차에 이르는 진화과정을 볼 수 있다. 수레의 진화는 현대생활까지 보존되어왔기에 지금도 주위에서 볼 수 있다. 아프리카의 환경에서는 이러한 진화과정을 볼 수 없다. 신석기시대 고인돌에서 나타난 금속무기와 장식품, 그리고 금속도구로 돌을 조각한 옥돌 유물들까지 북한과 만주지역에 석탄불에서 녹여난 강철 생산의 결과로 쇠바퀴가 생산되었다. 신석기시대 고인돌에서 청동유물이 처음 발굴되었기에 금속문화가 동아시아에서 제일 먼저 나타났음을 보여 주는 유적이다.

야생마를 집에서 기르는 생활도 만주지역에서 시작하였다. 만주들판에 많은 말 농장은 말 종류 중에 가장 일찍 나타난 종자라고 한다. 말과 당나귀 사이에 노새가 태어나는 오랜 세월을 볼 수 있다. 노새는 새끼를 낳지 못하지만 말이나 당나귀보다 힘이 세고 인내심이 강한 동아시아에서 태어난 말이다. 투탄카먼이 타고 다닌 말이 동아시아에서 온 듯하다.

투탄카먼의 전실은 두 개이며 파라오가 전차를 타고 흑인들과 아랍인들을 정벌하는 그림이 그려졌다. 후실도 두 개로 나누어져 현실과 사당이 있다. 현실의 시신을 가면으로 덮는 풍습도 동아세의 상나라 고분에서 본다. 사당에 유골함을 지키는 소와 개도 동아시아의 가축이다. 소는 동아시아의 오랜 농경생활에 동반했고 개는 만주의 유목생활에서 함께 살아온 짐승이다. 한국에 아이들이 어렸을 때 이름이 없으면 "개똥아"나 "소똥아"로 불러주었듯이 농경과 유목이 합하여 수만 년의 진화과정을 거쳐서 이루어진 동아시아의 문화이다. 투탄카먼의 이름도 을지문덕이나 연개소문처럼 고구려의 4발음의 이름이다. 전실에는 나전칠기 같은 동아시아의 가구들이 가득하다. 투탄카멘이 즐겨 타던 전차를 자세히 관찰하면 온 몸통을 동아시아의 청동기에서 흔히 보는 '감긴 실 무늬'로 감싸서 장식하였다. 한나라 사학자의 〈사기〉의 기록에 북두칠성은 북극성의 수래(車馬)라고 하였기에 신화시절에 이미 수래가 있었다.

투탕카먼의 무덤전실에 강철단검, 전차(Chariot)의 쇠바퀴와 축도 동아시아의 금속문화의 산물인 듯하다. 고인돌시대에 석탄불에서 쇠와 청동을 제작하면서 동아시아에는 금속시대의 생활이 시작되었다. 동아시아의 하나라 2,100 BC의 전차 전쟁은 수천 대의 전차들이 모여서 전쟁을 한 전차문화의 극성기였다. 그때 패배당한 국가의 귀족들은 멀리멀리 도피하였다. 투탕카먼의 유골과 함께 보관된 원양항해의 나무배의 모형은 파라오가 동아시아에서 타고 온 돛단배가 아닐까 싶다.

혈연학자들은 5만 년 전에 현대 인류가 아프리카에서 동아시아 지역에 도달했다고 하기에 아프리카와 동아시아 사이에 해변통로가 이미 열려있어 문화의 교류가 있었다. 동아시아는 인류가 처음으로 겨울을 만나 농사짓기 시작하여 인구가 증가하였기에 지금도 인구밀도가 가장 높은 지역이다. 1만 년 전의 동아시아의 토기가 서남 아세아보다 5,000년 이전의 역사로 나타나고 동아시아의 금속문화가 서남 아세아보다 2,000년 앞서서 발달된 역사적 사실을 보아도 그렇다.

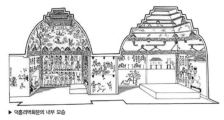

▶ 덕흥리벽화분의 내부 모습

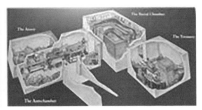

　이집트의 유적은 기원전의 건축물이고 고구려 고분은 기원후의 건축물이지만, 이집트의 문화는 돌연변이로 잠깐 나타났다가 사라졌다. 하지만 고구려 문화는 이집트 이전부터 멀리서 바위를 끌어와 시작한 고인돌이 피라미드로 성장하였고 수레, 달구지, 마차, 전차 등의 수만 년 진화과정을 거쳐서 이루어졌다. 수나라 대군을 물리친 역사와 동아시아의 훈족과 몽골이 유럽을 침략해 들어간 역사로 이어진다.

　투탄카멘의 묘를 발굴한 하와드 카터는 깨진 도자기에서 닭의 그림을 보고 파라오의 음식에는 아프리카에 없는 닭이 있다는 사실을 세상에 알렸다. 고구려 무용총 천정에 그려진 닭의 그림이다. 이집트의 문화는 그리스의 철학자 플라톤이 말한 것처럼 아틀란티스(모든 문화의 어머니)에서 온 외래문화이다. 역사학자들은 아직도 아틀란티스가 어디인지 찾고 있지만, 머지않아 동아시아 역사를 배우고 이해하면 아틀란티스가 동아시아였음을 이해하기에 이를 것이다.

(시인, 수필가, 건축가. 최용완의 논문 중에서 발췌함)

■ 논문저자 소개

최용완

시인, 수필가, 건축가.

서울공대 건축과 졸업, 국보 제1호 서울 남대문 중수공사 설계사, 문교부 문화재 전문위원: 서울대학교, 연세대학교, 초빙강사, 공무원 교육원 강사, 미네소타 주립 대학원 건축과 졸업.

오하이오주 건축회사 사장, 건축가 협회상, 메이슨리 설계상 및 다수 건축 설계상 수상.

데이튼 신크레어대학 강사, 오하이오 데이튼 한국 참전용사 기념공원 설계, 미국 로스앤젤레스 한국 전통정원 건립 추진위원, 서울 숭례문 복구단 실측도(1963년)제공, 고증분과위원 기술분과위원, 미국 남가주 문학동우회 글샘터 창설.

수상: 서울 특별시장 표창장 수상, 대한민국 대통령 표창장 및 공로상 수상, 미주문협 미주한국일보 공동주관 행사 시인으로 등

단, 한국 자유문학 신인상 시인 등단, 에세이포레 신인상 수필
가 등단.

저서:『한국건축문화사 교재』,『새로운 눈에 보이는 세계』, 시집
『무등산 가을 호랑이』『동아시아는 모든 문명의 어머니』자유문
학에 연제.

www.yongwanchoi.com bryanchoi@cox.net 1-949-721-1356

■ 논문저자에게 드리는 "감사의 말씀"

논문의 저자, 최용완 시인, 수필가는 소설가 연규호의 역사장편
소설『투탕카멘의 녹슨 단검』의 창작과 출간에 지대한 격려와 논
문을 제공하였으며 축하의 글을 주었기에 저자는 깊은 감사의 마
음을 드립니다. "감사합니다."

저자 연규호.

| 주:1-9 |

*주. 1. 실제로 투탕카멘의 무덤에서 나온 단검들은 외계에서 온 운석에서 뽑
　　은 철분을 가지고 만든 단검으로 녹슬지 않았다. 그러나 요하에서 온
　　단검은 운석에서 나온 철분이 아니므로 녹이 슬었다. 이것은 분명히 이
　　집트와 요하의 다른 점을 증명한다.

*주.2. 지금의 요하지방, 중국의 동북부와 발해만에는 이미 철기시대가 중국
　　내륙의 황화문화, 이집트 문화 메소포타미아 인더스 문명(소위 세계 4
　　대문명)보다 무려 1000년이나 앞서 있었다. 이를 요하문명-홍산문화
　　라고 하며 근래에 밝혀지고 있다. 이집트 18왕조 아멘호텝 4세는 다
　　신교를 믿었으나 그의 손자 아케나텐은 유일신인 태양신(아톤)을 신
　　봉하고 수도를 테베에서 아마르다로 옮겼다. 아케나텐의 아들이 투탕

카멘이다.

*주.3. 요셉은 모세보다 400년전 이집트 12왕조(왕의 이름은 잘 모른다.)에 노예로 팔려 왔으나 후에 총리가 돼 아버지 야곱과 온 가족을 이집트로 이주시킨다.

*주.4. 황금마스크를 쓴 투탕카멘은 그이 아버지 아케나텐이 믿었던 태양신(아톤)을 버리고 오히려 전통적인 다신교로 돌아갔으며 그의 이름도 투탕카문에서 투탕카멘으로 바꿨다.

*주.5. 중국역사에서 하·상나라는 요·순·우·탕으로 불리우나 실제로 하·상은 동이족이었다. 실제로 중화문명은 주나라, 문왕에서부터 시작된다고 본다. 중화문명의 청동, 철기문명은 요하문명에서 배워왔으며 1,000년이나 뒤진다. 그러기에 과거에 중화문명이 모든 문명의 선두라고 자랑해 왔으나 요하문명의 등장으로 중화문명의 자존심이 떨어지자 중국은 이를 은폐하고자 동북공정을 시작했다고 역사학자들은 말한다.

*주.6. BC 3000년경 요하에서 이집트로 많은 사람들이 되돌아 갔음

*주.7. 역사적으로 보면 아케나텐은 요하에서 철기문명과 거마를 배워 이집트로 돌아갔으며 그의 아들 투탕카멘은 전투에서 이용했다

*주.8. 아케나텐이 죽고 투탕카멘이 왕이 된 후 그는 여론에 못이겨 아마르다를 버리고 다시 테베로 수도를 바꾼다. 결국 아마르다는 몰에 묻혔다가 근래에 발굴되었다. 테베로 돌아온 투탕카멘은 다신교를 믿게 되고 투탕카몬에서 투탕카멘으로 바꾼다. 그러나 일찍 죽었기 때문에 가장 무능한 왕처럼 보이나 그는 단검 거마 등을 만들어 이집트를 강성하게 했다. 그의 묘는 다른 왕에 비해 아주 작은 규모였기에 오히려 도굴 당하지 않았기에 유명해졌다.

*주.9. 아티트란 호수와 익심체는 키체 인디언들의 삶터였다.

| 저자 소개 |

연규호(延圭昊, Kyu-Ho Yun, MD FACP)

소설가, Author

연세의대 졸업, 대한민국 공군 군의관 대위 제대

미국- NJ, OHIO, CALIFORNIA Hospitals, 수련

미국, 내과전문의(ABIM),

한국문협, 한국 펜, 한국소설가협회 회원

미주한국문협, PEN USA, 미주한국소설가협회 회장 역임

장편소설:『안식처』외 12편, 소설집:『꿈』외 3편

제22회 미주문학상, 제5회 미주 펜문학상,

제6회 한국소설가협회 해외 한국소설문학상.

이메일:kyuhoyun@gmail.com

California, Villa Park. 거주.

■ 저자의 작품 소개

장편소설 (1)『안식처』, (2)『칼리만탄의 사랑』, (3)『망상의 담쟁이 넝쿨』, (4)『사랑의 계곡』이상 4편, 2000년, 서울 고글 출판사에서 동시 출간. (5)『마야의 눈물』(2001), (6)『오하이오강의 저녁 노을』(2002), (7)『샤이엔』(2003), (8)『내가 사랑한 몽골의 여인들』(2004) 이상 고글 출판사, (9)『거문도에 핀 동백꽃은』(2006),(10)『마야의 꿈』(2006), (11)『아프리카에서 온 편지』(2007), (12)『내고향은 소록

도』(2008) 이상 4편, 문예운동 출판사, (13)『아오소라』
(2010) 푸른 사상 출판사, (14)『샤이엔의 언덕』(2011) 문
학과 의식 출판사, (15)『두만강 다리』(2018) 문학나무,
(16)『투탕카멘의 녹슨 단검』(2022) 한국소설가협회.

소설집 (1)『이슬에 묻혀 잦아든다해도』(1998) 국학자료원, (2)『파도
에 묻힌 비밀』(2013) 순수문학, (3)『덕수궁 돌담길』(2015)
문학나무, (4)『꿈』(2016) 문학나무.

산문집 『의사 25년』(1997)국학자료원.

영어번역 소설 (1)『사랑의 계곡』(2002),(2)『거문도에핀동백꽃』(2007),
(3)『마야의 꿈』(2008), (4)『소록도』(미 발표).

서반아어 번역 『마야의 꿈』(2008).

뇌과학 문학이론 (1)『뇌와 마음』(2017) 문학나무, (2)『생각하는
뇌, 고민하는 마음』(2018) 도서출판 규장.

유튜브 강의 뇌와 마음－뇌과학과 문학 이론 (14 강좌)

〈 소설가 연규호의 self－introduction 〉

－저자 연규호는 1945년 충청북도 도안에서 태어나 청주, 서울에
서 자람.

1969년 연세의대 졸업, 세브란스병원에서 인턴, 공군 군의관 3년 복
무 후 미국으로 유학, 뉴저지, 오하이오, 칼리포니아 수련병원에서 내
과 수련, 내과 전문의사가 되었다. 또한 신경과(UCI)와 정신과(NY)수
련도 하였다.

1980년 남가주 가든그로브에서 한국교포들과 타 민족들을 상대로

내과-신경과를 개업을 하여 2015년 7월 은퇴하였다.

대광중고등학교시절에 품었던 문학소년의 꿈을 이루기 위해 1995년 50세가 되던 해부터 소설에 정진하였다. 그 후, 수필집 1편, 장편소설 14편, 단편소설 모음 소설집 4편을 출간하였다.

본인의 장편 소설을 영문번역 (4편), 스페인어 번역 (1)편을 하였다.

미주 펜클럽, 문인협회 이사, 미주 소설가협회 회장으로 4년 봉사하였다.

2015년 내과 개업에서 은퇴 후, 뇌신경과학(Neuroscience) 연구를 통해, 인간의 마음, 기억과 생각에 관한 저서를 출간하였다.

『뇌와 마음』, 『생각하는 뇌, 고민하는 마음, 문학의 창조』논서를 출간했으며, 『기억과 생각』이 곧 출간될 예정이다.

소설가 연규호의 작품은 인간의 마음과 뇌에 관한 소설이 많으며, 미국과 중미 등 의료선교지에서 얻은 소재가 한국의 소재와 어울려 독특한 소설문학을 창조한다.

근자에는 뇌신경학 즉 인간의 마음, 기억과 생각을 문학에 접목해 문인들도 쉽게 문학이론을 이해하게 하려고 노력하고 있다.

연규호 소설가의 작품은 서정적 소설, 나아가 정서적 소설을 통해 독자들에게 따뜻한 정서를 선물하려고 노력한다.

투탕카멘의 녹슨 단검
(a rusty dagger of Pharaoh Tutankhamun)

초판 인쇄 2022년 6월 21일
초판 발행 2022년 6월 23일

저   자 연규호
발행인 김호운
편집주간 김성달
사무국장 이월성
편집국장 이현신
발행처 사단법인 한국소설가협회
등   록 제313 - 2001 - 271호(2001. 12. 13)

주   소 04175 서울 마포구 마포대로 12, 한신빌딩 302호
전   화 02) 703 - 9837, 02) 703 - 7055
전자우편 novel2010@naver.com
한국소설가협회홈페이지 http://www.k-naver.kr
인   쇄 유진보라
총   판 한국출판협동조합 070) 7119 - 1740

ISBN ǀ 979 - 11 - 7032 - 092 - 0 *03810
정가 13,000원

사단법인 한국소설가협회는 소설가로만 구성된 국내 유일의 단체입니다.